KB238353

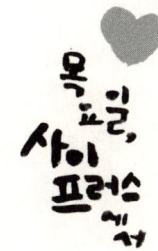

목포,
사이
프러스에서

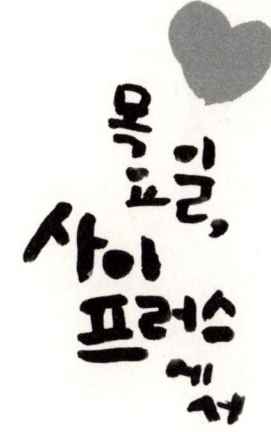

목요일,
사이
프러스에서

박채란 지음

사□계절

작가의 말

있잖아요. 사실은 제가 며칠 전에 죽으려고 했었어요. 농담 아니에요. 진짜예요. 학교 갔다 집에 왔는데 마침 아무도 없는 거예요. 아무도 없기를 바랐는데 막상 집에 아무도 없으니까 기분이 이상했어요. 마음을 굳게 먹고 제 방으로 들어가 방문을 꼭 닫았죠. 아무도 없는데도 그렇게 되더라고요. 그리고 창문을 열었어요. 침대 옆에 창문이 있어서 침대 위로 올라가면 쉽게 창틀로 올라갈 수 있어요. 모든 게 너무 간단해 보였어요. 제 방 창문에는 창살이 없고 우리 집은 10층이니까요.

창밖으로 몸을 반쯤 내밀었어요. 그래, 더 이상 혼자 울 필요가 없어. 외로워하기 싫어. 이제 끝이야. 정말 끝이야. 끝을 내자. 그런 생각을 했던 것 같아요. 그런데요. 그 순간 배가 너무너무 고픈 거예요. 그리고 그 왜 생우동 있잖아요. 라면 말고요. 면발이 쫄깃한 그 우동 말이에요. 그게 너무 먹고 싶은 거예요. 어차피 죽을 건데 그거만 먹고 죽자, 그런 생각이 들더라고요. 그렇잖아요. 나는 좀 있으면 죽는데, 정말 먹고 싶은 건 먹고 죽어야죠. 그래서 부엌에 가서 싱크대를 뒤졌더니, 와! 정말 그 생우동이 딱 하나 있는 거예요. 그래서 그걸 해 먹었는데, 정말, 정말 맛있었어요. 세상에서 그렇게 맛있는 우동은 처음이었어요. 국물까지 다 먹고 나니까 속이 뜨듯한 게 잠이 오더라고요. 그래서, 헤헤, 잠이 들었어요.

그 때 너는 중학교 2학년이었지. 네 이야기를 듣고 돌아오는 길에, 잠깐 울었던 건 너를 창가로 내몰았던 현실이 안타까워서도, 그 순간 네 손을 잡아 주는 사람이 아무도 없었다는 사실이 슬퍼서도 아니었어. 나는 그저 고마웠단다. 네가 좋아하는 우동을 사다 놓은 네 어머니에게. 그걸 먹지 않고 남겨 둔 가족들에게. 쫄깃한 면발을 만든 우동 회사 사장님에게. 죽을 만큼 살고 싶었던 너에게. 그 순간 다시 살아 있기를 선택한 너의 용기에.

그 때 너는 어쩌면 어렴풋이 알지 않았을까? 우리를 살아 있게 하는 것은 거대하고 중요한 무언가가 아니라는 것을. 우동 한 가닥, 스쳐 가는 바람 한 자락, 구겨 버린 낙서 조각, 시들어 가는 화초 같은 작고 사소한 것들이 촘촘하고 세심한 그물이 되어 우리가 끊임없이 삶을 선택하도록 돕고 있다는 것을. 그리고 어쩌면, 그 날 네가 삶을 선택한 그 용기에 힘입어, 오늘 내가 살고 있는 것은 아닐까, 하고 생각했지. 너의 고백으로 이 이야기는 시작되었어. 다시 한 번, 고마워. 살아 있어 줘서.

모든 이야기가 실은 사랑에 관한 것이고 모든 사랑은 결국 하나의 이야기라고, 나는 믿는다. 사랑이 없다면 이야기는 사라질 것이고, 이야기가 아니면 사랑은 무엇으로도 해석되지 않을 것이다. 사랑에 관한 한 나는 내가 아는 가장 따뜻한 사람, 이우일에게 빚지고 있다. 내가 아는 사랑도 내가 하는 사랑도 모두 그에게 배웠다. 그 배움으로 지금의 내가, 내 이야기가 있다. 깊이, 깊이 감사한다.

내 마음의 고향, 독산동 새터교회 식구들에게 사랑과 감사의 마음을 보낸다. 새터공동체의 일원이 되면서 나는 나를 소외시키지 않으며 신과 관계 맺는 방법을 배웠다. 우리가 함께 나누었던 인간과 세계를 향한 끝없는 질문과 대답이 이 소설의 자양분이 되었음을 고백한다.

초고부터 최종 수정까지 꼼꼼한 합평으로 함께해 주신 '날개 달린연필'의 언니들에게도 깊이 머리 숙여 감사드린다. 같은 작품을 몇 번이나 거듭해서 읽고 정직하게 지적하는 것이 얼마나 힘든 일인지 잘 알기에 고맙다는 말로는 그 마음을 다 전할 수가 없다.

오랜 친구 수연에게도 사랑을 담아 감사를 보낸다. 7년 전 수연이 들려준 '구슬 이야기'는 이 소설의 씨앗이 되었을 뿐 아니라, 함께 나누었던 깊고 충만한 대화가 내 상상력에 날개를 달아 주었다.

이 책은 내 이름을 달고 세상에 나가지만 나 혼자 쓴 것은 아니다. 이 글을 쓰고 고쳤던 지난 2년 반, 내가 만났던 모든 사람들이, 내가 읽었던 모든 책들이, 내가 먹었던 밥과 고기, 커피와 과자가, 나를 스쳐 간 바람과 빗방울이, 내가 바라본 산과 강과 바다가 나와 함께 이 이야기를 썼다. 그 중에서도 특히, 멋진 편집자 조소정 씨가 나와 함께 이 이야기를 완성했다. 소정 씨가 나를 믿고 기다려 준 그 힘으로 나도 내 이야기를 믿고 기다릴 수 있었다. 마음 깊이, 감사를 전한다.

끝으로 이 책을, 지금 막 이 이야기를 읽기 시작한 당신에게 바친다.

오늘, 살아 있기를 선택한 당신의 용기에 기대어 나도 살아 글을 쓴다. 이야기를 만든다.

고맙고, 또 고맙다.

2009년 5월
참 따뜻한 찻집, 충정로 가배나루에서
박채란

차례

안전요원 K-758

"그러니까 지금, 네가 천사라는 거야?"

태정이의 큰 목소리가 조용한 교실을 울렸다. 빈 음악실이었다. 창틀 위에 잎이 축 처진 작은 화분이 버려진 듯 덩그러니 놓여 있다. 책상에 걸터앉은 하빈이 앞에 태정이, 선주, 새롬이가 벌 받는 것처럼 어색하게 서 있다.

하빈이는 바닥에 닿지 않는 두 발을 대롱거리며 흔들리는 발을 내려다보았다. 그리고 억양 없이 느릿하게 대답했다.

"천사? 그래, 여기선 그렇게 부르는 것 같더라. 우리 세계에서는 나 같은 사람을 안전요원이라고 불러. 나는 파견된 안전요원 K-758이야."

하빈이의 말을 듣자마자 태정이는 인상을 찌푸렸다. 단정한 단발머리의 선주는 뿔테 안경을 코 위로 밀어 올리며 고개를 갸웃했다. 키가 늘씬하게 큰 새롬이도 말없이 긴 머리를 쓸어 넘겼다. 잠시 침묵이 흘렀다. 반쯤 열린 창문 틈으로 가을바람이 불어와 침묵 사이를 맴돌았다.

멀리서 점심시간의 끝을 알리는 종이 울렸을 때 새롬이가 입을 열었다.

"너 완전 또라이구나. 천사? 안전요원? 그런 게 어디 있니? 너 정말 웃긴다. 태정아, 선주야, 가자. 우리가 왜 이런 이상한 얘기를 듣고 있어야 되니?"

"그래. 가자!"

태정이가 기다렸다는 듯 대답하고 문 쪽으로 성큼성큼 걸어 가자 선주와 새롬이도 그 뒤를 따랐다. 하빈이는 셋의 그런 태도는 아무렇지도 않다는 듯 그저 두 발을 흔들다가 책상에서 내려와 화분이 놓인 창가로 다가갔다. 그러고는 화분의 시든 잎을 안쓰럽다는 듯 천천히 쓰다듬으며 말했다.

"나, 너희들 계획을 알고 있어."

막 음악실 문을 나서려던 태정이, 새롬이, 선주가 한꺼번에 하빈이 쪽으로 고개를 돌렸다.

"너, 지금 뭐라고 한 거야?"

선주가 물었다.

"너희들 계획을 알고 있다고."

하빈이가 화분에서 눈을 떼지 않은 채로 아까보다 조금 더 분명하게 말했다. 셋의 얼굴에 당황한 빛이 또렷했다. 셋은 나가려던 발길을 돌려 다시 음악실로 들어왔다.

"너, 우리한테 원하는 게 뭐야?"

흥분한 태정이가 얼굴을 붉히며 다그쳤다. 그제야 하빈이가
고개를 들었다. 하지만 태정이의 눈을 똑바로 보지 않고 태정
이의 어깨 너머를 향해 느릿느릿 말했다.

"너희들은 질문, 질문을 하면 돼. 그럼 나는 대답을 하는 거
야. 목요일은 나무의 날이니까 목요일에 만나야 돼. 나는 식물
쪽을 전문적으로 공부한 안전요원이라 아무래도 나무의 날 질
문을 받는 게 수월하거든. 아직 공부를 다 마친 건 아니지만,
그래도 그쪽이……."

"도대체 무슨 소리를 하는 거야? 아, 속 터져. 빨리빨리 제
대로 좀 말해!"

태정이가 답답함을 참지 못하고 목소리를 높였다. 하지만
하빈이는 태정이의 기분은 상관없다는 듯 자기 속도로 천천히
대답했다.

"나무의 날, 그러니까 목요일마다 나를 만나면 되는 거야.
너희들은 질문을 하고 나는 대답을 해. 아주 간단해. 그렇게만
하면 나는 너희 계획을 모르는 척해 줄 수 있어. 만약 약속을
어기면 나는 바로 너희들 부모님과 담임 선생님한테 그 계획
을 얘기해야 해. 너희들이 지난여름에 세운 그 계획 말이야. 나
도 어쩔 수가 없어. 그게 내가 맡은 임무거든. 나무의 날은 내
일모레야. 내일모레 여기서 기다릴게."

'얜 뭐야? 정말 우리 계획을 아는 거야?'

선주는 하빈이를 훑어보았다. 작은 키에 깡마른 몸. 교복은 언니 것을 빌려 입기라도 한 듯 흉하게 헐렁하고 눈썹을 다 덮은 앞머리는 잘라 주고 싶을 만큼 보기 싫다. 커다란 안경알이 걸려 있는 콧잔등 주위의 자잘한 갈색 주근깨는 창백한 피부를 더 도드라져 보이게 한다. 게다가 굼벵이 기어가듯 느릿느릿한 말투는 내용과 상관없이 듣고 있기만 해도 속이 터질 듯 답답한데 그 내용은 또 얼마나 황당한지! 정감 가는 구석이라고는 하나도 없다. 그런데 이상하다. 커다란 안경알 너머, 아득하게 먼 곳을 응시하는 눈빛에 자꾸만 시선이 간다.

선주의 휴대폰이 울린 건 조금 전, 점심시간에 받아 온 맛없는 국을 입 안에 겨우 떠 넣고 있을 때였다. 발신자가 '758'인 문자 메시지에는 '점심 먹고 음악실로'라는 여덟 글자만 찍혀 있었다. 선주는 당연히 태정이나 새롬이가 보냈을 거라고 생각했다. 지난여름 이후, 셋은 사람이 별로 없는 곳에서 종종 만나 왔기 때문이다. 선주가 식판에 남은 밥을 간신히 먹어 치우고 음악실로 갔더니 태정이와 새롬이가 먼저 와 있었다. 그런데 둘 중 선주에게 문자를 보낸 사람은 없었다. 둘도 선주와 똑같은 문자를 받고 온 거라고 했다. 찜찜한 기분에 휩싸인 셋이 음악실을 나가려고 할 때, 하빈이가 종이컵에 물을 가득 담아 들고 조심조심 걸어오며 말했다.

"어, 얘들아 안녕. 문자는 내가 보낸 거야. 저기, 잠깐만 기다려 줄래? 날개에 물을 주지 않으면 말라 버리거든."

하빈이는 창가로 다가가 종이컵의 물을 화분에 모두 쏟아붓더니 어색하게 서 있는 셋을 향해 말했다.

"나도 내 날개가 여기 있는 줄은 상상도 못했거든. 날개가 있는 곳에서 너희들을 만나게 되다니 이것도 참 멋진 인연이다. 이제 우리 이야기를 해 보자. 무화과와 무화과 말벌처럼, 마다가스카르 난초와 박각시나방처럼 하나의 운명으로 묶인 우리 이야기를 말이야."

하빈이가 셋을 만나자고 한 목요일, 수업이 끝난 오후였다. 복도 가장 안쪽에 있는 음악실 주변은 조용하다. 선주가 조심스레 음악실 창문을 들여다보았다. 하빈이는 벌써 음악실에 와 있었다. 하빈이는 창틀 위 화분을 조심스레 들어 교탁 위로 옮기더니 한참 동안 자세히 바라보았다. 연필 굵기 정도의 줄기에는 손바닥처럼 생긴 이파리 서너 개가 바닥을 향해 기운 없이 늘어져 있다. 선주의 눈에는 곧 말라 죽어 버릴 볼품없는 화분으로 보일 뿐이다. 하빈이가 갑자기 그중 제일 시들한 이파리에 제 두 손바닥을 마주 대더니 무슨 주문이라도 외우는 듯 두 눈을 꼭 감고 입술을 오물거렸다.

'뭐 하는 거야?'

선주는 의아한 마음에 얼굴을 창문에 바싹 가져다 댔다.

하빈이가 선주네 반으로 전학 온 건 1학기 중간고사 무렵이었으니 벌써 반년 전이다. 아침이면 당번도 아닌데 교실 화분에 물을 주고, 점심시간이면 광합성을 해야 한다며 운동장 양지바른 곳에 쪼그리고 앉아 있는가 하면, 어딜 가든 항상 낡고 두툼한 식물도감을 들고 다닌다. 대부분의 시간을 혼자 지내는데 누가 말을 걸어오기라도 하면 듣도 보도 못한 식물 이야기를 어색한 말투로 늘어놓기 시작한다. 그러니 좀 이상한 애라는 소문이 도는 게 당연했다. 하지만 선주는 신경 쓰지 않았다. 알고 보면 누구나 이상한 점 하나씩은 있게 마련이니까. 그런데 지금, 눈앞의 하빈이는 정말 이상하다.

멀리서 발소리가 들려와 고개를 돌려 보니 복도 반대편에서 태정이과 새롬이가 걸어오고 있었다. 태정이는 내키지 않는 듯 실내화를 바닥에 질질 끌고 있고 새롬이는 양손을 교복 주머니에 넣은 채 새침한 표정이다. 태정이는 선주를 발견하고는 음악실 쪽을 손가락으로 가리키며 '왔어?' 하고 입 모양으로만 물었다.

선주가 고개를 끄덕이자 태정이와 새롬이의 걸음이 빨라졌다.

"정말 들어가야 돼?"

가까이 다가온 새롬이가 투정 부리듯 조그맣게 물었다. 태정이의 굳게 닫힌 입술이 열리지 않자 새롬이가 초조하게 말을 이었다.

"설마 정말 뭘 알겠어? 난 쟤랑 말도 해 본 적 없다고. 선주 너 쟤랑 같은 반이지? 혹시 네가 무슨 얘기 흘린 거 아니야?"

"무슨 소리야? 나도 하빈이랑 한 번도 얘기한 적 없어. 흘리긴 뭘 흘려."

"그럼 뭐야. 도대체 뭘 안다는 거야? 그냥 장난치는 거 아니야? 우리 그냥 가자. 쟤가 오란다고 진짜 와 있는 거, 그게 더 웃겨."

"그러다 진짜 말하고 다니면 어떻게 하려고?"

선주와 새롬이의 대화를 듣고 있던 태정이가 둘의 팔을 가만히 잡았다.

"일단 만나 보자. 만나서 분위기 파악을 해야……."

태정이의 말이 미처 다 끝나기도 전에 드르륵, 음악실 문이 열렸다. 하빈이가 한쪽 팔로 화분을 감싸 안고 걸어 나왔다. 셋은 동시에 입을 다물었다.

하빈이가 반갑다는 듯 말했다.

"다들 왔네? 얼른 가자. 해가 금방 사라지겠어."

태정이가 신경질적으로 대꾸했다.

"가긴 어딜 가! 할 말 있으면 얼른 여기서 해."

"날씨가 너무 좋잖아. 나가자. 사람도 날개도 햇빛이 필요하거든. 여긴 햇빛이 너무 부족해. 따뜻한 기운이 온몸을 감싼다고 생각해 봐. 너희들도 햇빛을 보면 기분이 좋아질 거야. 가자, 어서."

하빈이가 화분을 소중하게 끌어안고 앞장서자 셋도 그 뒤를 따랐다. 하빈이의 말을 듣자, 선주는 얼른 햇빛을 받으러 나가고 싶은 기분이 들었다. 왜 엉뚱한 말인데도 귀 기울이게 되는 걸까? 선주는 궁금했다.

태정이의 오른쪽 눈꺼풀이 파르르 떨렸다. 선주는 태정이 기분이 상했다는 걸 알 수 있었다. 태정이는 남이 시키는 대로 뭘 하는 성격이 아니다. 오히려 남에게 시키는 쪽이다. 그러니 지금 이런 상황이 썩 마음에 들지는 않을 것이다.

잠시 후, 참다못한 태정이가 짜증 섞인 목소리로 물었다.

"야, 어디로 가자는 거야?"

하빈이가 가던 걸음을 멈추고 고개를 돌렸다.

"응?"

"도대체 어디로 가자는 거냐고. 어딜 가는지 알아야 따라가든 말든 할 거 아니야?"

태정이의 말이 끝나자 하빈이의 입술이 열렸다.

"사이프러스."

아주 짧은 순간이었다. 휘파람을 불듯, 작은 새소리를 내듯, 하빈이 입에서 알 수 없는 말이 새어 나왔다. 선주는 하빈이에게 가까이 다가갔다. 하빈이가 내뱉은 알 수 없는 말을 어디서 들어 본 것 같았기 때문이다. 하빈이의 키는 선주의 어깨 정도밖에 오지 않는다. 선주가 다가오자 하빈이는 고개를 바짝 들어 선주를 올려다보았다.

하빈이를 내려다보며 선주가 다시 물었다.

"우리, 어딜 간다구?"

"사이프러스."

하빈이 입에서 흘러나오는 그 소리를 한 번 더 듣고 나서야 선주의 머릿속에 그림 하나가 떠올랐다. '사이프러스 나무가 있는 밀밭', 고흐의 그림이다. 지상에서는 찾을 수 없을 듯한 영롱한 색의 하늘을 배경으로, 밀밭도 구름도 하늘을 찌를 듯 솟아 있는 사이프러스 나무도 타오르는 것처럼 강렬한 붓질로 가득했던 그 그림. 아, 기억이 난다. 예전에 어디선가 그 그림을 본 적이 있다. 가슴속에서 익숙한 그리움이 번져 왔다. 그런데 지금 그 나무 이름을 하빈이가 왜 말하는 것일까?

"고흐 그림에 나오는 그 사이프러스 나무 말하는 거야?"

선주의 질문에 하빈이가 고개를 갸웃했다.

"고흐? 그게 뭔데?"

이번에는 새롬이가 나섰다.

"야, 넌 고흐도 몰라? 자기 귀 자른 그 미친 화가 고흐 말이야."

새롬이의 말에 하빈이가 침울한 표정으로 고개를 숙였다.

"아, 들어 본 것도 같은데 잘은 모르겠어. 지난번에도 말했지만 나는 식물 쪽이 전공이거든. 안전요원이 보기보다 해야 할 일이 많아서 자기 전공 외에는 잘 몰라. 그래서 지금도 공부 중이야. 고흐는 잘 모르지만 사이프러스는 잘 알아. 사이프러스는 편백나뭇과의 상록침엽수야. 지중해 지역에서 주로 자라는 키가 큰 원추형 교목으로 나무껍질은 단단해. 그리스와 로마에서는 묘지에 이 나무를 심기도 했고……"

태정이가 하빈이의 말이 다 끝나기도 전에 외쳤다.

"대체 뭔 소리를 하는 거야? 답답해 죽겠네! 우리 어딜 가는 거냐고. 그것만 말해."

하빈이가 두꺼운 안경 너머로 눈을 커다랗게 뜨고 말했다.

"사이프러스."

넷은 학교 앞 골목길 모퉁이에 나란히 섰다. 그리고 눈앞의

낡은 3층 건물에 걸린 작은 간판을 올려다보았다. 그 간판에는 분명히 그렇게 적혀 있었다. 선주는 건물을 구석구석 살펴보았다. 하지만 건물 바깥에서 보면 휴식의 공간이 대체 어디에 있다는 것인지 짐작조차 하기 힘들었다.

"들어가자."

하빈이는 앞장서서 1층 출입구로 익숙하게 들어가 계단을

올랐다. 나머지 셋도 어쩔 수 없다는 듯 하빈이를 따라갔다. 걸레 썩는 냄새가 풍기는 퀴퀴하고 어두컴컴한 계단이었다. 1층의 세탁소와 편의점을 지나고 2층의 당구장도 지나갔다. 3층은 피시방인 것 같았다. 선주는 3층으로 올라가는 계단에서 발을 멈추고 생각했다. 간판이 잘못된 것 아닐까? 그리고 하빈이는 정말 좀 이상한 애 아닐까? 아니, 그보다 지금 나는 왜 여기에 와 있는 걸까?

끼익, 끽.

위에서 들려오는 낡은 문 소리에 선주는 퍼뜩 정신을 차리고 3층으로 뛰어 올라갔다. 하지만 거기에 셋은 없었다. 소리는 더 위쪽에서 들려온 것 같았다. 선주는 눈앞에 보이는 계단을 따라 한 층 더 올라갔다. 낡은 문이 열려 있었다. 횡, 하고 바깥바람이 불어 들어와 선주의 머리칼을 흩뜨렸다. 밖은 옥상이었다. 선주는 문밖으로 나갔다.

'어? 이게 뭐야?'

문밖으로 발을 내딛자마자 선주의 허리 정도 되는 화분들이 양옆으로 나란히 늘어서서 길을 만들고 있었다. 먼저 나간 셋도 그 화분들 사이를 걸어가고 있었다. 선주는 얼른 셋을 따라잡았다. 양쪽 화분들 사이로 사람 두어 명이 지나갈 만한 길이 나 있었고, 그 길 끝에 작은 옥탑방이 있었다. 옥탑방 문에는 건물 입구에서 본 것과 똑같은 '사이프러스–휴식의 공간'이라는 나무 문패가 걸려 있었다.

불쑥 오른쪽 화분 너머에서 사람 머리 하나가 올라왔다. 커다란 밀짚모자를 쓰고 노란 물뿌리개를 들고 있는 아줌마였다. 질끈 묶은 긴 생머리가 꽃무늬 원피스 위로 흘러내린 아줌마는 나이를 짐작할 수 없었다. 아줌마가 하빈이를 반갑게 맞았다.

"오늘은 친구들이랑 같이 왔구나. 오호라, 이건 천사의 날개 아니니? 근데 영 시들시들하네!"

"네, 제 날개를 찾았어요. 날개도 여기에 맡길게요. 제 날개를 아줌마 날개 옆에 놔 주세요. 빛을 많이 못 봐서 그런지 상태가 안 좋아요. 참, 나팔은 잘 있나요?"

"그럼, 천사의 나팔은 잘 있지. 가서 봐. 그건 일단 해 잘 드는 곳에 놓고. 친구들은 저기 저쪽 의자에 앉으면 되겠네."

아줌마는 옥탑방 뒤편을 가리켰다. 넷은 늘어선 화분들로 만들어진 길을 따라 옥탑방 뒤로 걸어갔다.

'와!'

선주는 속으로 탄성을 내질렀다. 작은 화분 수십 개, 아니 수백 개가 옥상 난간부터 옥탑방 앞까지 크기별로 나란히 놓여 있었다. 그리고 그 화분들 한가운데에 네댓 명이 앉을 수 있는 낡은 파라솔과 간이 의자가 자리 잡고 있었다. 선주와 태정이 그리고 새롬이는 화분과 화분 사이로 난 작은 통로를 조심스럽게 지나 간이 의자에 앉았다.

선주는 어리둥절했다. 늘 지나다니는 골목길인데 한 번도 이 건물의 존재를 의식해 본 적이 없었다. 더구나 낡은 건물 옥상에 이런 공간이 있으리라고는 아무도 상상할 수 없을 것이다. 천사니 날개니 나팔이니 하는 생뚱맞은 말도 외계어처럼 들려서 선주는 순간적으로 다른 세상에 온 것 같은 기분에 휩싸였다. 잠시 후, 하빈이가 커다란 쟁반에 음료수 네 잔을 담아 가지고 왔다.

"자, 시원한 아이스티. 사이프러스에서 가장 인기 있는 메뉴야."

새롬이가 음료수 잔을 집어 들며 물었다.

"여긴 뭐야? 찻집이야, 꽃집이야? 이거 다 파는 거야?"

"여긴 그냥 휴식의 공간이야. 나도, 내 날개와 나팔도, 여기서 휴식을 취해. 우리 안전요원, 그러니까 천사들은 저쪽 세계에서 이쪽 세계로 넘어올 때 날개랑 나팔을 지구에 맡겨 놓거든. 아까 내가 들고 온 그 화분에 내 날개가 있고, 저기 커다란 소철 뒤에는 내 나팔도 있어. 날개가 말라 버리고 나팔이 피지 않으면 돌아가기가 힘들어. 중요한 건 빛, 빛이거든. 태양빛만 있으면 이파리의 엽록소들은 광합성을 해서 녹말과 당분을 생산해. 그리고 산소도 만들어 내지. 산소가 없으면 아무도 숨을 쉬지 못하니까 우리는 빛이 중요하다는 사실을 늘 기억해야 하고 또……."

태정이가 하빈이의 장황한 말을 잘랐다.

"알았어, 알았으니까 그만해. 여기가 어딘지는 관심 없어.

우리가 원래 하려던 이야기가 있었잖아. 그것부터 얘기하자고. 너, 도대체 우리한테 원하는 게 뭐야?"

"질문."

하빈이는 가볍게 그리고 간단하게 답했다.

"너, 뭘 알고 있다는 거야?"

태정이의 목소리가 조금 높아졌다.

"너희들의 계획."

"그게 뭔데?"

"너희들이 하려고 하는 거. 난 그걸 알게 되었어. 그건 말하자면 운명 같은 거거든. 호랑제비나비가 원추리꽃의 꿀을 먹으려면 커다란 꽃 속으로 몸을 깊숙이 밀어 넣어야 하는 것처럼, 나도 진실을 전하기 위해 어쩔 수 없이 너희들에게 다가가야만 하는 거야."

선주는 하빈이가 대체 무슨 말을 하는 건지 알 수가 없었다. 하지만 분명한 건 하빈이가 무언가를 알고 있다는 거였다.

"나는 일단 네 말을 못 믿겠어. 네가 어떻게 우리 계획을 알 수 있지? 우리 중에 너랑 친한 사람은 아무도 없어. 너한테 털어놓지도 않은 비밀을 네가 알 수는 없잖아? 이유는 모르겠지만, 너는 우리를 가지고 장난을 치는 거야."

하빈이는 음료수를 한 모금 마시고 입을 열었다.

"어떻게 알 수 있냐면 말이지, 그건 너희들이 늦봄에 목련이 꽃잎을 떨굴 때처럼 뚝뚝 분위기를 흘리고 다니기 때문이야.

소곤소곤, 쿵짝쿵짝. 조금만 관찰하면 누구라도 너희들이 뭔가를 꾸미고 있다는 걸 알 수 있을 거야."

태정이의 목소리가 커졌다.

"너! 지금 우리를 가지고 노는 거지? 너, 도대체 뭐야?"

"말했잖아. 파견된 안전요원 K-758이라고. 우리 세계에서는 그렇게 불러."

하빈이는 먼 곳을 보며 무심히 대꾸했다.

"이게 정말 보자보자 하니까!"

태정이가 벌떡 일어섰다.

"태정아! 진정해."

선주가 흥분한 태정이를 자리에 앉히고 말을 이었다.

"좋아, 그럼 물어보자. 네가 좋아하는 질문, 내가 할게. 너 지금 우리 세계라는 말을 했는데, 그럼 넌, 뭐 다른 세계에서 왔다는 거야?"

선주의 말에 하빈이가 활짝 웃었다.

"응, 그래. 바로 그거야. 난 다른 세계에서 왔어."

"네가 원래 살던 세계는 어딘데?"

"눈에 보이지는 않는, 하지만 지금 이 세계를 유지시켜 주는 곳이야."

들을수록 황당했다. 하지만 하빈이 입에서 단서를 얻어 내려면 하빈이의 논리에 맞추어 질문해야 한다.

"그럼 넌 왜 이 세계에 온 건데?"

"뭔가가 잘못되어서."

"뭐가?"

"너희들 계획. 그건 일종의 오류거든. 컴퓨터 프로그램의 버그처럼 일어나지 말아야 하는 일이지. 그런 걸 바로잡는 게 바로 우리 안전요원, 아니, 너희 식대로 표현하자면 천사겠지, 그게 우리가 하는 일이야."

"천사님께서 겨우 우리 따위의 계획 때문에 저쪽 세계에서 이쪽 세계로 넘어오셨다? 웃기시고 있네."

하빈이 말끝마다 어이가 없다는 듯 연신 콧방귀를 뀌어 대던 새롬이가 비아냥거렸다. 그러나 선주는 정말로 하빈이가 셋의 계획을 알고 있는 것 같은 예감에 등줄기가 서늘했다.

하빈이가 불쑥 팔짱을 끼고 눈을 감았다. 그리고 입을 열어, 마치 대사를 연습하는 연극 배우처럼 천천히 말했다.

"그럼 당연하지. 그게 천사가 하는 일이잖아. 천사는, 죽음을, 쉽게, 알아보거든."

한여름 동물원

두 달 전, 여름방학을 일주일 앞둔 토요일이었다. 태정이는 혼자서 동물원에 가고 있었다. 한산한 전철 안에서 태정이의 휴대폰으로 문자 들어오는 소리가 쉴 없이 울렸다. 엄마한테 성적표 위조를 들켰다는 하소연부터 얼마 남지 않은 합창대회 준비를 어떻게 하면 좋을지 의견을 달라는 반장의 요청까지. 생일 축하 메시지도 있었다. 바로 전날이 태정이 생일이었기 때문이다. 태정이는 하나도 빠짐없이 모두 답 문자를 보내 주었다.

누군가 자신을 필요로 한다는 것은 태정이에게 삶의 원동력이었다. 그 사실은 태정이에게 깊은 만족감을 주었다. 하지만 태정이는 자신이 종종 모래성 위에 꽂아 놓은 가느다란 나뭇

가지처럼 위태롭게 느껴지기도 했다. 해변의 모래성이 파도에 쓸려 내려가면 나뭇가지는 저절로 쓰러진다. 아무도 자신을 찾지 않는다면? 그러면 결국 자신도 사라져 버릴 것 같아 두려웠다. 그런 두려움이 찾아들 때마다 태정이는 더 많은 일을 맡았고, 더 많은 친구들에게 꼭 필요한 사람이 되려고 노력했다.

대공원역에 도착할 무렵, 태정이는 마지막 답 문자를 보내고 휴대폰 액정 화면을 한참 내려다보았다. '이제 열여덟 D-0 ^.^'이라는 문구가 화면 속에서 깜박였다. 태정이는 신경질적으로 휴대폰을 확 닫아 버렸다.

전철역을 나와서 대공원 안 동물원으로 가는 길을 따라 천천히 걸었다. 제법 먼 거리지만 태정이는 한 번도 코끼리열차 따위를 타지 않았다. 가끔 가는 곳이지만 갈 때마다 애틋한 마음이라 천천히 길을 걸으며 생각에 잠기고 싶었다. 어느덧 태정이는 낙타 우리 앞에 서 있었다.

'안녕, 사타?'

태정이가 속으로 작게 인사했다.

기다리고 있었다는 듯, 태정이의 서러운 마음을 알고 있다는 듯, '사타'는 큰 눈을 껌벅거리며 태정이를 바라보았다. 그 눈 속에서 모래바람 소리가 들려왔다.

'사타, 이건 배신이야. 어떻게 이럴 수가 있지? 어떻게 이렇게 까맣게 잊을 수가 있어? 나는 한 번도 잊어 본 적이 없는데. 사타, 네 친구들은 다 어디 있니? 사막에? 너는 여기 갇혀 있

는 게 답답하지 않아? 나는 그 곳에 갈 수 있을까?'

오랫동안 사타를 바라보며 이야기를 나누던 태정이는 해가 뉘엿해지고서야 동물원을 나섰다. 사타에게 아쉬운 인사를 하고 나니, 온몸의 기운이 다 빠져나가 버린 것 같았다.

"말도 안 돼, 흑흑. 어떻게 이럴 수가 있어! 흑."

어디서 여자애가 우는 소리를 들은 건 태정이가 동물원을 나온 후였다. 해가 기울어서 우는 사람의 얼굴은 잘 보이지 않았다. 태정이는 소리 나는 쪽을 주의 깊게 지켜보며 걸음을 옮겼다. 전철역으로 가는 길가 벤치에서 들려오는 소리였다. 무릎 사이에 얼굴을 파묻고 있던 여자애가 살짝 고개를 들었을 때, 태정이는 그 애를 금세 알아보았다.

'재 7반 새롬이잖아? 여기서 왜 저러고 있지?'

태정이와 새롬이는 같은 중학교를 다녔다. 둘이 친하게 지낸 건 아니지만, 태정이는 새롬이에 관한 소문을 익히 들어 알고 있었다. 인형 같은 얼굴에 늘씬한 몸매. 목을 매고 따라다니는 남자아이들도 많았다. 웬만한 남자애는 거들떠도 보지 않았지만 애교스럽고 깔끔한 매너 덕분인지 콧대가 높다고 욕을 먹기보다는 차인 쪽에서 오히려 새롬이의 좋은 점만 이야기하고 다닌다니, 보통내기는 아닌 거다. 그런데 그런 새롬이가 왜 지금 여기서 울고 있는 걸까?

"흐흑, 너무해. 정말."

태정이는 그냥 지나쳐 갈 생각이었다. 왜 우는지 궁금하기도 하고 도와주고 싶은 마음도 잠깐 들었지만, 어제 일을 생각하니 이내 다시 우울해졌다.

'나랑 무슨 상관이야. 내 코가 석 자인데……'

새롬이가 앉아 있는 벤치 바로 옆을 지날 때 태정이는 나지막이 중얼거리는 새롬이의 목소리를 들었다.

"말도 안 돼, 흑. 확 죽어 버릴 거야!"

결국 태정이는 새롬이에게 다가갔다.

"야, 저기."

태정이가 새롬이를 살짝 건드리자 새롬이가 고개를 들었다. 눈에 눈물이 가득했다. 눈물이 흐른 자리로 검은 마스카라 얼룩이 번져 있었다.

"어? 윤태정이네. 너 여기서 뭐 해?"

새롬이는 급히 눈물을 닦으며, 당황한 표정으로 태정이를 올려다보았다.

"너야말로 여기서 뭐 해? 무슨 일이야? 왜 여기서 울고 있어?"

"아, 아무것도 아니야."

새롬이는 감추듯 말했지만, 지금 누군가 자기 옆에 있어 주기를 간절히 바란다는 것을 태정이는 느낄 수 있었다. 태정이는 새롬이 옆에 앉았다. 살짝 술 냄새가 풍겼다.

"야, 너 술 마셨냐?"

"그래, 마셨다. 안 되니?"

그러고 보니 벤치 밑에 캔 맥주가 하나 놓여 있었다. 태정이가 살짝 들어 보니 묵직한 게 반도 넘게 남은 것 같았다. 태정이는 맥주를 한 모금 마셨다. 속이 시원해졌다.

"술도 못 마시면서 청승은. 왜 그래? 무슨 일이야?"

새롬이 눈에 다시 눈물이 차오르더니 주르륵 뺨을 타고 흘러내렸다.

"흑, 나쁜 놈. 어떻게 나한테 그럴 수가 있냐고! 감히 지가 나를!"

새롬이는 이 때가 기회라는 듯 이야기를 시작했다. 새롬이가 들려준 길고 긴 연애담은 요약하자면 이랬다.

새롬이는 주말마다 다니는 연기 학원에서 진석이라는 이름의 대학생을 알게 되었다. 새롬이 말에 따르면 새롬이는 정말 관심이 없었지만 그 남자가 하도 쫓아다녀서 할 수 없이 사귀게 되었다. 그게 바로 100일 전. 오늘 100일을 기념하기 위해 놀이공원에 왔는데, 신나게 다 놀고 나서 그 남자가 헤어지자고 했단다. 다른 여자가 생겼다, 새롬이 너는 너무 어리다, 대학에 가서 좋은 남자 만나라, 이렇게 말하고 먼저 가 버렸다는 것이다.

이렇게 간단히 요약되는 이야기를 새롬이는 장장 두 시간에 걸쳐 구구절절 풀어놓았다. 눈물 콧물을 섞어 하소연하는 중에도 이따금 거울을 꺼내 얼굴 매만지는 걸 잊지 않았다. 집에 일찍 들어가고 싶지 않았던 태정이 역시 그냥 주저앉아 새롬이가 남긴 맥주를 홀짝거리며 이야기를 들었다. 남의 이야기를 들어 주는 것은 태정이 특기이기도 하니까.

'배신감. 그것만큼 지독한 게 없지.'

태정이는 속으로 중얼거렸다. 깊은 밤, 까만 하늘 가운데서 별빛이 깊어지듯 아물지 않은 둘의 상처도 가슴 한가운데서 자꾸만 깊어 갔다.

그 다음 주, 태정이는 복도에서 우연히 새롬이와 마주쳤다. 교복을 줄여 딱 맞게 입은 세련된 모습이 지난 토요일의 일은 모두 잊은 것처럼 보였다. 태정이는 괜히 심술이 났다. 저렇게 아무렇지도 않을 거면서 당장 죽을 것처럼 굴다니. 새롬이의 친구가 교실로 들어가고 새롬이가 혼자 남은 틈을 타서 태정이는 살그머니 다가가 말했다.

"그 오빠는 완전히 잊은 거야?"

새롬이가 화들짝 놀라 태정이를 바라보았다.

"아직도 사랑한다고, 내가 죽으면 오빠가 돌아올까, 하면서 울고불고 하더니."

태정이는 놀리듯 말했다.

그 순간 새롬이 눈에 눈물이 차올랐다. 태정이는 가슴이 철렁했다. 아무렇지도 않은 척 그냥 가면을 쓴 거였구나. 상처받은 마음, 아직 그 자리에 그대로 있구나.

태정이는 새롬이에게 너무 미안해졌다. 그러면서 다른 한편으로 머릿속에 어떤 새로운 생각이 스쳐 지나갔다.

우리에게 계획이 있어

기말고사는 끝났지만 아직 방학은 시작되지 않은 텅 빈 연습장 같은 시간이었다. 선주는 학교 도서실 구석에서 책을 읽고 있었다. 친구들의 시간은 벌써 여름방학을 향해 달려가고 있었다. 하지만 선주에게 여름방학은 되도록 멀리하고 싶은 낯선 친척처럼 불편했다. 선주는 얼마 남지 않은 1학기를 꼭꼭 씹어 먹겠다는 듯이 아무도 없는 도서실을 지키고 있었다.

누가 도서실로 들어왔다. 선주는 무심결에 그 애를 바라보았다. 눈이 마주치자 그 애가 방긋 웃었다. 웃는 모습이 보기 좋았다.

'어디서 본 것 같은데…….'

선주는 머릿속으로 아는 사람인지 아닌지 가늠해 보다가 이

내 다시 책 속으로 눈을 돌렸다.

"저기……."

얼마나 시간이 지났을까? 선주는 어깨에 가벼운 감촉을 느끼고 고개를 들었다. 아까 그 애였다. 기대와 호기심으로 묘하게 달뜬 발그레한 얼굴이었다. 예쁘고 화사했다. 나랑은 완전히 다른 분위기네, 선주는 속으로 조금 씁쓸했다.

"왜?"

선주는 이 애가 무슨 일로 알은척을 하는 건지 의아했다.

"저기…… 잠깐 얘기 좀 할 수 있을까?"

"무슨?"

선주는 얼굴을 찡그리며 작게 물었다.

"잠깐이면 돼. 잠깐만 나와 줄래?"

선주는 호기심이 생겼다. 도대체 쟤가 내게 무슨 이야기를 하려는 걸까? 저런 애랑 할 수 있는 이야기가 뭐가 있을까?

선주는 읽고 있던 책을 책상에 엎어 놓고 일어났다. 그러자 초조해 보이던 그 애가 살짝 웃었다. 그리고 아무렇지도 않게 선주의 팔짱을 끼더니 작은 소리로 재잘대기 시작했다. 선주는 느닷없는 이물감이 거슬렸지만 아무렇지 않은 척했다. 처음 보는 사람에게 스스럼없이 팔짱을 끼는 대담함이 부럽기도 했다.

"너 선주 맞지? 나 기억 안 나니? 어? 정말 기억 안 나나 보네. 나야 나, 김새롬."

선주는 정말 아무 기억도 나지 않았다. 도서실 밖에서는 태정이가 두 사람을 기다리고 있었다. 새롬이가 태정이를 선주에게 소개했다.

"선주야, 얘는 태정이야. 알지?"

알다마다. 이 고등학교에서, 아니, 윤태정과 한 번이라도 학교를 같이 다녀 본 사람이라면 태정이를 모를 수 없다. 여장부. 해결사 윤태정. 태정이가 들어간 반은 뭘 해도 1등이었다. 작년에도 태정이가 있었던 10반은 체육대회도 1등, 합창대회도 1등이었다. 세상일이 모두 제 일인 것처럼 앞장서는 유형. 선주처럼 눈에 띄지 않기를 바라며 조용히 지내는 부류와는 거리가 멀었다. 거리가 멀면 친하게 지낼 확률도 낮다. 그런 태정이가 어쩌자고 지금 자신과 마주 서 있는지 선주는 어리둥절했다.

선주가 혼란에 빠져 있는 사이 태정이는 평소의 큰 목소리대신 부드럽고 진지하게 말했다.

"나 윤태정이야. 갑자기 불러내서 놀랐지? 너랑 의논할 게 있어. 새롬이가 널 추천했거든."

추천? 선주는 고개를 획 돌려 새롬이를 보았다. 새롬이가 변명하듯 대답했다.

"아, 우리 작년에 같은 문예반이었잖아. 그 때 '인간은 왜 사는가?'라는 제목으로 글 썼던 거 생각나니? 그 때 네가 썼던 글이 무지 인상적이었거든. 우리가 지금 계획을 하나 세우고 있는데 네 생각이 났어. 이 계획, 너도 마음에 들어 할 것 같아서."

새롬이 말을 듣자 선주는 작년 특별활동 시간의 어느 날이 선명하게 떠오르며 얼굴이 화끈 달아올랐다.

그랬다. 그 날 문예반 지도 선생님이 '인간은 왜 사는가?'라는 주제를 칠판에 적었을 때 문예부 아이들은 우우, 야유를 보냈다. 선주는 말없이 원고지에 글을 쓰기 시작했다. 30여 분의 글쓰기 시간이 지나자, 선생님은 마치 기다리고 있었다는 듯 선주에게 나와서 글을 읽어 보라고 했다. 선주의 기억 속으로 그 날의 느낌까지 살아 돌아왔다. 슬픔이 펜을 타고 종이 위로 흘러 나갔더랬다. 그리고 그 문장들을 입 밖으로 냈을 때 교실 안에는 침묵만이 흘렀다.

"그 때 너는 인간은 결국 죽기 위해서 사는 거라고, 죽고 나서야 사람들은 슬퍼하며 그 사람을 기억한다고, 뭐 그런 이야기를 했었어. 기억나니?"

선주는 발가벗겨진 듯 수치스러웠다. 그리고 화가 났다.

"그게 지금 너랑 무슨 상관이니? 날 불러내서 옛날에 쓴 글까지 들먹이는 이유가 뭐야?"

한 발짝 떨어져 있던 태정이가 선주에게 다가와 덥석 손을 잡고 말했다.

"널 화나게 하려는 게 아니야. 네 글을 평가하는 것도 아니고. 우리가 세운 계획이 있어. 우린 그냥 너랑 같이 하고 싶어서 그러는 거야."

　태정이의 낮은 목소리가 선주를 진정시켰다. 선주는 눈앞의 둘을 빤히 바라보았다. 다부진 골격에 귀밑까지 바짝 자른 커트 머리의 여장부 태정이. 늘씬한 키에 연예인처럼 매력적인 새롬이. 평소라면 결코 가까이 지내지 않을 두 사람이 아직 하지 못한 말을 간직한 채 선주 앞에 서 있었다.

　여름방학을 이틀 앞둔 오후, 셋은 이렇게 처음 만났다.

쉬운 인생은 없지

수업 끝나고 운동장 철봉 옆.

　수학 선생님이 칠판에 열심히 문제를 적는 틈을 타 선주는 태정이와 새롬이에게 문자를 보냈다. 사실 선생님에게 들키는 것보다도 하빈이가 볼까 봐 더 신경이 쓰였다. 그 동안 셋이 여러 번 같이 만났지만 선주가 모이자고 한 건 이번이 처음이었다. 어쩌다 보니 태정이와 새롬이의 계획에 함께하게 됐어도 선주는 자신이 그 애들과 질적으로 다르다고 생각했다. 그저 둘의 계획에 마지못해 따라갔을 뿐이고, 그러니 선주가 먼저 태정이와 새롬이를 만나자고 할 이유도 없었다. 하지만 이번에는 그냥 넘어갈 수 없다.

선주를 만나자마자 새롬이가 싫은 소리를 했다.

"왜 하필 오늘 호출이야. 나 토요일은 연기 학원 가는 거 알잖아. 다음에 이야기하면 안 돼?"

태정이도 같이 다니는 친구들이 어딘가에서 기다리고 있는지 급해 보였다.

선주가 본론부터 말했다.

"아무래도 너무 위험해. 괜히 학교에서 알게 되면 어떡해? 우리 그만두자. 아무래도 하빈이가 아는 것 같아. 걔가 진짜로 떠들고 다닐 것 같아."

선주는 목요일 이후로 계속 하빈이가 신경 쓰였다. 만날 생글거리던 새롬이 얼굴이 딱딱하게 굳었다.

"겨우 그딴 얘기 하려고 지금 오라 가라 한 거야? 이제 와서 그런 소리를 하면 어떡해? 말도 안 돼. 못 들은 걸로 할게. 이제 이런 일로는 불러내지 마. 나 늦었으니까 먼저 간다."

허리까지 오는 머리칼을 찰랑거리며 새롬이는 교문을 향해 종종걸음 쳤다. 선주는 잘 이해가 가지 않았다. 도대체 왜? 저런 애가 뭐가 아쉬워서?

태정이가 선주의 속을 꿰뚫어 보기라도 한 듯 입을 열었다.

"너 지금 쟤가 뭐가 아쉬워서 그런 짓을 하나, 그런 생각 했지? 야, 너무 그러지 마라. 남들 눈에는 다 비슷비슷해 보이겠지만, 아무리 그래도 쉬운 인생은 없는 법이야. 나도 간다."

무슨 선문답 같은 말을 지껄이고는 태정이도 운동장을 가로

질러 갔다. 선주는 모랫바닥에 털썩 주저앉았다. 쉬운 인생이 없다고? 그럼 사는 게 다들 힘들다는 얘기야?

그건 말도 안 된다고 선주는 생각했다. 사는 데는 기술이 필요하다. 태어날 때부터 그 기술이, 그 기술을 익힐 수 있는 능력 자체가 없는 사람도 있단 말이다. 모두가 똑같이 힘들 수는 없다. 선주는 갑자기 화가 솟았다. 목구멍에서 욕이 치밀어 올랐다. 하지만 입 밖으로 소리가 되어 나와 주지 않았다. 욕조차 내뱉지 못하는 스스로를 미워하며 선주는 철봉대를 향해 돌을 힘껏 던졌다. 돌멩이마저 선주를 약 올리듯 철봉대를 비껴갔다.

선주는 운동장 구석에 앉아 두셋씩 무리 지어 빠져나가는 아이들을 바라보았다. 즐거워 보였다. 고등학교 2학년, 그저 즐겁기만 한 때는 아니다. 모두 하나씩은 마음에 진 짐이 있을 테니까. 하지만 눈앞에 걸어가는 아이들은 친구들과 떠들며 교문을 빠져나가는 순간만큼은 그 짐을 내려놓는 것처럼 보였다. 선주는 그 능력이 부러웠다. 짐을 졌다가, 또 잠깐 내려놓았다가를 자유자재로 할 수 있는 그 능력 말이다. 짐의 무게감으로 항상 머리가 어질어질하고 허리가 휠 것 같으면서도 절대 그 짐을 내려놓지 못한다면, 결국 짐이 그 사람의 주인이 되고 만다는 것, 이것이 지난 2년 동안 선주가 새로이 알게 된 사실이다.

선주는 휴대폰을 꺼내 시간을 확인했다. 이제는 집에 가야

했다. 가슴이 답답해졌다. 멀리 도망가 버릴까 생각하다가 고개를 저었다.

'어차피 도망치지도 못할 거면서. 겁쟁이……'

나약한 자신을 향한 자학의 말이 아프게 되돌아와 가슴에 박혔다.

"얼른 간식 먹어. 좀 있으면 선생님 오실 시간이야. 에휴, 어쩌누. 토요일인데 쉬지도 못하고."

선주는 방에서 옷을 갈아입고 부엌으로 나왔다. 역시 집에는 일하는 아줌마밖에 없었다. 아줌마가 물 묻은 손을 앞치마에 닦으며 크루아상 두 개를 접시에 담아 왔다. 선주는 빵을 한 입 베어 물었다. 촉촉함을 잃은 빵은 이를 가져다 대자마자 버석거리며 부서졌다. 퍽퍽하고 느끼했다. 몸속 깊은 곳에서 언젠가 느꼈던 촉촉하고 부드러운 빵의 질감이 되살아났다. 선주는 자기도 모르게 소리를 질렀다.

"아줌마! 이거 날짜 보고 사 오신 거 맞아요? 맛이 왜 이래요?"

선주는 접시를 식탁에 탁 내려놓고 방으로 들어갔다. 방문 너머로 아줌마의 낮은 목소리가 들려왔다.

"으이구, 저 성질머리하고는. 엄마나 딸이나 똑같네, 똑같아."

선주는 책상 위에 붙은 포스트잇을 보았다.

어차피 도망치지도 못할 거면서.

겁 쟁 이……

3시~5시 : 영어, 김 선생님

6시~8시 : 논술, 정 선생님

8시~11시 : 수학, 최 선생님

선주는 포스트잇 위의 글씨를 한참 동안 유심히 보았다. 펜글씨 교본에나 나올 듯 비정상적으로 완벽한 엄마의 글씨. 엄마의 글씨는 그 내용과 닮아 있다. 빈틈없이 정확하고, 불필요한 것은 결코 존재하지 않는다. 어쩌면 그건 엄마 자신의 모습인지도 모른다. 선주는 포스트잇을 떼어 한 손으로 구겨 버렸다. 그리고 휴지통에 던져 넣었다. 과외 시간 따위 일일이 그렇게 붙여 놓지 않아도 선주는 다 기억하고 있다. 선주가 다 기억하고 있다는 것, 그래서 일일이 챙기지 않아도 된다는 건 엄마가 더 잘 알고 있을 것이다. 하지만 엄마는 하루도 거르지 않고 의식처럼 그 일을 했다.

선주는 답답한 가슴을 어떻게 해 보기라도 하려는 듯 양팔을 크게 벌리고 침대 위에 벌렁 드러누웠다. 2시 반. 영어 선생님이 오려면 30분이 남았다.

어디선가 낯익은 고소한 냄새가 났다. 선주는 벌떡 일어나 냄새가 흘러나오는 방향으로 걸어갔다.

땡.

오븐의 타이머 소리였다. 그 소리를 듣자 선주는 온몸의 감각이 팽팽하게 되살아났다. 언니 선민이가 도톰한 주방 장갑을 끼고 오븐에 다가가고 있었다. 선주는 반가움에 가슴이 먹먹했다.

"언니!"

"내가 빵 꺼낼게."

선민이가 쾌활하게 말했다.

그 순간, 오븐 안에서 불길이 치솟는 것이 보였다.

"언니, 안 돼! 열지 마!"

"괜찮아, 우리가 만든 빵이잖아."

오븐 안의 불길을 보지 못하는지 선민이는 아무렇지도 않게 오븐 손잡이로 손을 뻗었다.

"안 돼! 안 돼, 언니!"

선주는 선민이에게 뛰어가려고 했지만 바퀴가 헛도는 자전거를 탄 것처럼 아무리 애를 써도 가까워지지 않았다.

선민이가 오븐을 열었다. 오븐에서 나온 커다란 불길이 선민이를 집어삼켰다.

"아악!"

선주는 비명을 내지르기만 할 뿐 아무것도 할 수 없었다.

"얘, 선주야! 일어나. 공부해야지! 어머? 얘가 웬 식은땀을 이렇게 흘려?"

누가 제 몸을 흔드는 기척에 선주는 눈을 떴다. 영어 선생님이었다.

'꿈이었구나.'

선주는 가슴에 손을 대 보았다. 아직도 심장이 쿵쾅거리고 있었다.

선주가 식은땀을 흘리며 악몽을 꾸고 있을 무렵 태정이는 서둘러 집으로 가고 있었다. 오늘은 토요일, 챙겨야 할 일이 많다. 태정이는 가는 길에 동네 슈퍼마켓에 들러 쓰레기봉투를 샀다. 이번 주에 쓰레기를 버리지 않으면 또 일주일 내내 집에서 악취가 진동할 게 분명하다.

"엄마!"

태정이는 집에 들어서자마자 소리를 질러 엄마를 불렀다. 문은 열려 있는데 아무 소리도 나지 않았다. 예감이 좋지 않다. 집 안에서 탄내가 났다. 태정이는 놀라 부엌으로 뛰어 들어갔다. 주전자가 새까맣게 타고 있었다. 급히 가스레인지의 불을 끄고 밸브를 잠갔다.

"엄마! 엄마! 어디 있어?"

태정이는 방문을 하나씩 열어 보았다. 안방에도 태정이 방에도 엄마는 없었다. 마지막으로 동생 방문을 열었다. 엄마는 거기, 동생 방 침대 옆에 쪼그리고 앉아 있었다. 한 손에 휴대폰을 들고서.

"엄마! 여기서 뭐 하고 있는 거야? 주전자 다 탔잖아."

태정이는 짜증스러운 목소리를 냈다. 엄마는 아무 대꾸도 하지 않았다.

"엄마! 내가 쓰레기봉투 사 왔어. 오늘 쓰레기 버리자. 그리고 전기요금이랑 가스요금 냈어? 안 냈지? 토요일에는 은행 문 닫으니까 금요일에 꼭 내라고 내가 몇 번이나 말했는데. 지난달에도 안 내서 두 달치나 밀렸잖아."

엄마는 여전히 말이 없었다. 표정도 없었다.

"엄마? 엄마, 왜 그래?"

태정이가 엄마 어깨를 흔들었다. 그제야 엄마가 입을 열었다.

"태정아."

"응, 말해 봐. 무슨 일이야?"

"태정아, 아빠가 새로 결혼한 그 여자랑 호주로 이민을 간대. 다음 달에."

태정이는 자기도 모르게 손에 들고 있던 쓰레기봉투를 떨어뜨렸다. 엄마가 무릎 사이로 고개를 파묻었다.

'이럴 땐 엄마가 딸을 위로해 줘야 하는 거 아니야?'

태정이는 무력한 엄마가 싫었다. 어른답지 못하다고 생각했다. 하지만 그래도 엄마를 위로할 수 있는 사람은 자기밖에 없다는 걸 알고 있었다. 태정이는 엄마 옆에 같이 쪼그려 앉아 마음에 없는 말을 하기 시작했다.

"엄마, 괜찮아. 어차피 아빠는 우리를 버리고 간 거잖아. 엄마가 이렇게 기운이 없으면 희정이는 어떻게 해? 나는 또 어떡하고? 희정이 올 시간이잖아. 얼른 기운 내."

태정이는 엄마를 달래 놓고 자기 방으로 들어갔다. 들어가
자마자 문을 잠그고 침대 위에 무너지듯 쓰러졌다. 눈물이 쏟
아지려 했지만 꾹 참았다. 눈물을 흘리기 시작하면 끝장이다.
강해져야 해, 강해져야 해. 태정이는 베개에 머리를 깊이 파묻
으며 생각했다.

'그래, 어쩔 수 없어. 얼른 시작하는 수밖에.'

자살토끼

선주는 평소와 다름없이 학교에 도착했다. 가방은 무거웠지만 날씨는 화창했다. 아랫배가 간질거리며 무슨 일인가 일어날 것 같은 기분이었다. 조금 일찍 도착한 교실에는 아이들이 별로 없었다. 그 아이들 사이에서 하빈이의 천연덕스러운 얼굴을 발견하자 선주는 보지 말아야 할 것을 본 것처럼 마음이 불편해졌다. 예정대로라면 오늘도 그 곳에서 하빈이를 만나야 한다.

선주는 하빈이와 눈이 마주치지 않게 재빨리 시선을 거두고 자리로 가 앉았다. 평소처럼 가방을 벗어서 걸어 놓고 교과서를 꺼내 책상 서랍에 넣었다. 그런데 서랍 안에서 뭔가가 느껴졌다. 책이었다.

『자살토끼』.

지난여름, 나지막이 속삭이던 태정이 목소리가 선주 안에서 울렸다.

'먼저 시작하는 사람이 도움을 청할 사람 책상 서랍에『자살토끼』책을 넣어 놓는 거야. 아무도 모르게.'

선주는 더럭 겁이 났다. 약 기운이 퍼지듯 온몸의 말초신경에까지 두려움이 퍼져 갔다. 손에서 땀이 났다. 침을 한 번 삼킨 선주는 큰 결심이라도 하듯 숨을 꾹 참고 책을 꺼내 책장을 살짝 넘겨 보았다. 책갈피에 하얀색 편지 봉투가 끼워져 있다. 단단하게 봉해진 편지봉투 위 노란색 포스트잇에는 '선주에게, 태정이가'라는 여덟 글자와 함께 전화번호 하나가 적혀 있었다.

'결국 태정이가 제일 먼저 시작하는구나.'

선주는 조심스레 책을 서랍 안으로 밀어 넣었다.

"뭐? 자살 소동?"

선주가 도서실 밖으로 불려 나와 태정이와 처음 만난 여름의 그 날, 선주는 태정이의 계획을 듣고 그야말로 경악했다.

"조용 조용. 너무 그렇게 놀라지 말고. 이건 그러니까 나쁜 짓을 하자는 게 아니야. 협상용 트릭이라고 해야 하나? 일단 내 말을 좀 들어 봐."

볼품없이 낡아빠진 학교 건물에 견주어 커다란 나무들이 빽

빽하게 들어찬 본관 뒤쪽 산책로는 자랑할 만했다. 아이들은 여기서 수다를 떨기도 하고 간식을 먹기도 하며 시간을 보냈다. 하지만 그러기엔 너무 더운 날씨였다. 한적한 벤치에는 여전히 놀란 표정의 선주와 땀을 흘리며 뭔가 열심히 설명하는 태정이, 그리고 그 사이에서 간간이 거울을 들여다보며 이야기에 끼어드는 새롬이뿐이었다. 목청 높여 우는 매미 소리가 충분히 목소리를 가려 줄 텐데도 태정이는 무슨 첩보원이라도 되는 양, 소곤소곤 이야기를 이어 갔다.

"그러니까 이건 소동이라고 할 것도 아니야. 야단법석을 부리자는 게 아니거든. 그냥 내가 자살하려고 한다는 걸 너나 새롬이가 내가 꼭 알리고 싶은 사람한테만 알려 주는 거야. 너하고 새롬이 그리고 내가 서로를 그렇게 도와주기로 약속하는 거지."

"왜 그런 짓을 하는 건데?"

선주는 선뜻 이해가 가지 않았다. 그러나 자살, 이라는 말에 마음속 커다란 돌 하나가 삐그덕 자리를 옮겨 앉았다.

"원하는 걸 얻기 위해서."

태정이는 단호하게 말했다. 그리고 잠시 머뭇거리는 빛을 보이더니 다시 설명을 시작했다.

"생각해 봐. 우리가 지금보다 어리다면 떼를 써서라도 원하는 걸 가질 수 있을지 몰라. 어른이 되면 노력과 의지를 통해서 얻을 수 있겠지. 하지만 지금 우린 어때? 손발이 묶인 죄수나 마찬가지잖아. 목숨을 걸지 않고선 얻을 수 있는 게 없어."

"그렇다고 목숨을 담보로 그런 무모한 짓을 하자고?"

선주가 언성을 높였다.

"아니 아니, 우린 진짜 죽을 맘은 없어. 다만 연극을 하는 거야. 죽을 것처럼 굴어서 필요한 걸 손에 넣는 것뿐이라고."

태정이가 달래듯 말했다.

"도대체 그 필요한 게 뭔데?"

선주의 질문에 태정이 얼굴이 돌처럼 딱딱하게 굳었다. 새롬이가 얼른 끼어들었다.

"얘, 오늘 우리가 처음 이렇게 만났는데 그런 것까지 다 얘기하기는 좀……. 일단 네가 우리 계획에 끼기로 확실히 결정하면 다 털어놓을게."

선주가 잠시 고민한 끝에 대답했다.

"생각을 좀 해 봐야겠어."

하지만 선주는 태정이, 새롬이와 헤어진 지 한 시간 만에 계획에 함께하겠다는 내용의 문자를 보냈다. 소동에 끼고 싶기보다도 자살 소동까지 벌이면서 얻으려는 대단한 것이 뭔지, 선주는 그게 너무 궁금했다.

"오랫동안 사막을 여행한 새장풀이 싹 틔울 곳을 찾은 것처럼 태정이의 작전도 이제 싹을 틔우겠구나. 이제 진짜 사건이 시작되는 건가? 사이프러스로 와. 난 먼저 가서 내 날개가 잘 있는지 확인하고 있을게."

종례를 마친 지 얼마 안 되었는데 하빈이는 벌써 교문 앞에 서 있었다. 선주와 마주치자 하빈이는 아무렇지도 않게 이렇게 말하고는 먼저 가 버렸다.

놀란 선주가 휴대폰을 꺼내 태정이와 새롬이에게 문자를 보냈다. 마침 교실을 나오고 있던 태정이는 금방 교문 앞에 도착했다. 둘은 벌써 골목을 벗어나 사거리까지 가 버린 새롬이를 교문 앞 신호등에서 기다렸다. 마침내 세 사람이 만났다.

"걔가 이제 진짜 사건이 시작되는 건가, 이렇게 말했어. 우리 계획을 다 알고 있는 게 분명해."

신중한 선주였지만, 이번에는 정말 의심의 여지가 없다고 생각했다.

"일단 가자. 그 또라이 같은 게 정말 여기저기 떠벌릴지도 몰라."

태정이 말투가 거칠었다. 셋은 말없이 각자 골똘히 생각에 잠겨 사이프러스 앞까지 걸었다. 새롬이가 앞장서서 건물 입구로 들어서려는데, 뭔가 생각이 난 듯 태정이가 둘의 팔목을 잡아끌었다. 그러더니 주위를 한 번 둘러보고 나서 말했다.

"잘 들어 봐. 걔는 어쩌면 우리가 진짜 자살 계획을 세우고 있다고 생각하고 있을지도 몰라. 지나가다가 우리가 자살 어쩌구 하는 이야기를 우연히 들은 거야. 오늘 선주가 그 책을 들고 있는 걸 봤을 수도 있고. 보통 애들 같으면 지들끼리 노느라 바쁘니까 신경 안 쓰겠지만, 걔는 전학생에다가 친구도 없고 약간 또라이니까, 우리가 진짜 자살을 할 거라는 말도 안 되는 이상한 상상을 하고, 자기가 천사라고 우기면서 우리 계획을 방해하고, 뭐 그러려는 거 아닐까?"

일리가 있는 말이었다. 하지만 선주는 태정이 이야기가 우스웠다.

'죽을 마음도 없으면서 자살 소동을 벌이는 거나 진짜 자살 계획을 세우는 거나, 둘 다 이상한 건 마찬가지 아냐?'

확신에 찬 태정이의 말이 이어졌다.

"분명히 그럴 거야. 그러니까 그런 식으로 혼자 소설을 쓰는 거겠지. 하빈이가 그렇게 쉽게 우리에 대해 알 수가 없지. 귀신이 아닌 다음에야."

'귀신이 아니라 천사라잖아.'

선주는 이죽거리는 말이 나오려는 걸 꾹 참았다.

"어차피 이렇게 된 거, 이 상황을 이용하자."

태정이 말에 새롬이가 물었다.

"이용?"

"그래, 이용."

"너, 사랑하는 사람한테 배신당하는 게 얼마나 슬픈지 알아? 사랑 없이 사는 건 심장 없이 사는 거나 마찬가지야. 그걸 사는 거라고 할 수 있겠어?"

새롬이는 하빈이 앞에서 거의 눈물을 흘리기 직전이었다.

'어쭈, 연기 학원 다닌 보람이 있네.'

선주는 좀 고까웠다. 하빈이가 셋의 계획을 진짜 자살 계획으로 오해하고 있는 것 같다고 여긴 태정이는 그 사실을 이용하자고 했다. 진짜 죽고 싶은 사람처럼 연기를 하면 나중에 소동이 벌어졌을 때 오히려 하빈이가 증인이 돼 줄 수도 있지 않느냐는 거였다. 태정이다운 생각이었다.

새롬이의 하소연을 듣던 하빈이가 입을 열었다.

"사랑은 중요한 일이지. 지구의 식물들도 모두 사랑을 위해 꽃을 피우는 걸 보면 그래. 하지만 꽃을 피우는 건 열매를 맺기 위해서지 죽기 위해서는 아니야."

새롬이가 뾰로통해져서 대답했다.

"얘는 또 꽃 타령이네. 너, 연애해 본 적 있어? 없지? 없으니까 그렇게 말할 수 있는 거야."

"연애는 해 본 적 없지만 그래도 이상해. 일생에 단 한 번만 꽃을 피우는 나무들도 있어. 오죽이라는 대나무는 60년 만에 한 번 꽃을 피우고 말라 죽어 버리지만, 꽃이 안 핀다고 자살을 하거나 하지는 않는데……. 가끔 인간들은 대나무보다도 유치한 것 같아."

하빈이의 중얼거림에 태정이가 발끈했다.

"뭐? 유치해? 네가 뭘 안다고 그런 말을 해?"

"유치하잖아. 그럼 말해 봐. 넌 왜 죽으려는 건데?"

하빈이가 정말 궁금하다는 듯 태정이에게 얼굴을 바싹 들이밀며 물었다. 띠릭, 그 순간 태정이 휴대폰에서 문자 메시지가 왔음을 알리는 소리가 났다. 태정이가 습관적으로 주머니에서 휴대폰을 꺼낼 때 하빈이가 말했다.

"와, 넌 정말 인기가 많은가 보다. 학교에서도 항상 친구들한테 둘러싸여 있던데, 원래 꿀이 많은 꽃에 벌이 꼬이는 법인데, 벌에게도 꽃에게도 공짜는 없더라."

하빈이 말에 태정이가 인상을 찡그렸다.

"무슨 말을 하고 싶은 거야?"

하빈이는 태정이 얼굴은 보지도 않은 채 난간을 타고 오르는 호박꽃을 멍하니 바라보며 말했다.

"그러니까 내 말은, 음, 그런 거야. 벌은 꽃이 좋아서 찾아가는 게 아니야. 꿀을 먹으려고 가는 거야. 배가 고프니까. 꽃은 좋아서 벌에게 꿀을 주겠어? 벌이 꿀을 먹으면서 꽃가루를 수정하게 해 주니까 그런 거잖아. 저 호박꽃에는 곧 호박벌이 찾아오겠지? 서로가 서로를 필요로 하니까⋯⋯."

하빈이의 말에 태정이가 벌떡 일어났다.

"뭐야 지금? 그러니까 다들 나를 이용하는 거다, 그런 말이야?"

"아니, 내 말은 그런 게 아니라, 그렇게 인기도 많은데 왜 죽으려고 하나 그게 궁금할 뿐이야. 만약에 내가 호박벌이 많이 찾아드는 호박꽃이라면 죽을 생각 따위는 안 할 것 같거든."

"인기가 많아? 그래, 네 말대로 다 내가 필요하니까 그러는 것뿐이잖아. 그리고, 죽는 데 이유가 뭐가 필요해? 넌 네가 왜 사는지 그 이유를 알아? 난 모르겠어. 내가 왜 사는지. 사는 이유도 모르는데 죽는 이유를 어떻게 알아? 죽고 싶어. 다 지긋지긋하다구. 집 안 가득한 쓰레기 냄새도 싫고 밀린 고지서도 싫어. 다들 날 못 괴롭혀서 안달들이지. 나더러 어쩌라는 거야? 학교도 집도 다 지겨워. 참견은 그만둬. 살기 싫으니까 죽으려는 거야."

태정이의 말이 끝나자 일시에 조용해졌다. 사이프러스의 식물들도 숨쉬기를 멈춘 듯했다. 태정이의 갑작스러운 반응에 선주도 적잖이 놀랐다. 하지만 연기일 것이다. 살기 싫으니까 죽으려고 한다, 그것보다 더 그럴듯한 이유는 없을 테니까.

"너, 정말 힘든가 보구나."

착 가라앉은 목소리의 주인공은 하빈이였다.

'자살을 막으러 온 천사라더니, 죽으라는 거야? 자살을 부추기는 거야?'

선주는 이해가 안 갔다. 결국 고까운 마음이 말이 되어 툭 튀어나왔다.

"너 천사, 아니, 안전요원인가 뭐 그런 거라며. 우리 계획이 프로그램 오류라며. 넌 그 오류를 막기 위해 왔다며. 근데 뭐? 힘든가 보구나? 힘드니까 죽으라는 거야?"

하빈이는 선주의 날카로운 질문에 침을 한 번 삼키고는 대답했다.

"맞아. 너희들 계획은 오류야. 하지만 그렇다고 해도 나는 너희들의 선택을 막지 못해. 다만 너희들 질문에 대답만 할 수 있을 뿐이야. 내 이야기를 다 듣고도 너희가 하고 싶은 대로 하겠다면 그렇게 해. 나는 어쩔 수가 없어. 이게 천사가 세상에 관여하는 방식이야."

"너 연기 정말 끝내주더라. 나 말고 니가 연기 학원 다녀도 되겠던데! 너 하빈이 자극하려고 일부러 화낸 거지, 그치?"

사이프러스를 나온 뒤, 하빈이가 반대편 길로 가자 새롬이는 기다렸다는 듯 태정이에게 다가가 호들갑을 떨었다.

"넌 뭐가 그렇게 좋냐? 시끄러우니까 어서 가!"

말을 마친 태정이는 뒤에서 누가 쫓아오기라도 하듯 선주와 새롬이를 앞질러 갔다.

갈림길에서 태정이는 집이 아니라 근처 공원으로 향했다. 작은 공원에서 손을 잡고 함께 산책하는 엄마와 아이들이 마냥 단란해 보였다. 태정이는 벤치에 앉아 아랫입술을 깨물었다. 사이프러스에 들어가기 전, 태정이는 하빈이를 믿게 하려고 그럴듯한 이야기를 만들었다. 그런데 이상한 일이었다. 하빈이가 자기를 빤히 쳐다보며 꽃이며 벌이며 서로를 필요로 하는 거라는 말을 하자, 만들어 놓은 이야기 줄거리가 머릿속에서 하얗게 사라졌다. 그리고 자기도 모르게 화가 나서 마구

퍼부어 댔다. 그러니까 태정이가 하빈이에게 한 말은 연기가 아니었다. 진심이었다.

'학교도 집도 다 지겨워. 참견은 그만둬. 살기 싫으니까 죽으려는 거야.'

태정이는 자기가 했던 마지막 말과 그 말을 했을 때의 느낌을 떠올렸다. 그건 뭐랄까, 아주 오래전부터 가슴속에서 그 말이 나오기만을 기다리고 있었던 것 같은, 하지만 막상 입에서 튀어나온 그 말이 전혀 자신의 말 같지 않게 머릿속에서 웅웅거리는, 그러면서도 그 문장 전체를 다시 한 번 내뱉기라도 하면 왈칵 뭔가가 쏟아져 나올 것 같은, 그런 느낌이었다.

'너, 정말 힘든가 보구나.'

태정이의 말이 끝난 뒤 하빈이가 던진 한마디에, 홍수에 둑이 무너지듯 태정이의 마음이 우르르 허물어졌다. 어디에라도 기대어 엉엉 울고 싶었다.

'하지만 진짜로 무너지진 않았어. 난 강하니까. 막상 계획을 실천하려니까 마음이 약해진 거야. 게다가 그 기집애 기분 나빠. 자, 이제 괜찮아. 아무 일도 아니야.'

태정이는 부러 힘을 주어 의자에서 벌떡 일어났다. 그리고 힘차게 걸었다. 몸 안에 작은 구멍이라도 뚫린 듯 바람 소리가 들렸지만 못 들은 척했다.

그 날 밤, 침대에 누워 생각에 잠겨 있던 선주는 갑자기 화가 치밀어 올라 벌떡 일어나 앉았다.

'이게 천사가 세상에 관여하는 방식이야.'

하빈이와 헤어져 집에 올 때까지만 해도 별 생각이 없었는데 잠자리에 누워 있자니 하빈이의 마지막 말이 자꾸만 귀에 맴돌았다.

'분명히 미쳤어.'

선주는 생각했다. 하빈이가 마치 외계어를 쓰는 것처럼 말하기 때문에 번번이 당하는 것 같았다. 도무지 말이 안 되는 소리를 지껄이면서 그런 말이 다른 사람을 얼마나 당황하게 만드는지 전혀 생각하지 않는다.

'말이 안 돼. 설사 천사라는 게 있다고 해도, 그렇다면 인간을 구원해야 하는 거 아니야? 괴로움과 고통에 빠진 사람을 구해 주지 않는 천사가 무슨 의미가 있어. 천사가 있다면, 내가 힘들 때 어디 있었지? 천사 따위는 없어. 다 지어낸 이야기라는 걸 제 입으로 불게 만들 거야. 논리적으로 완전히 뭉개 버리겠어.'

선주는 아무도 없는 방에서 천장을 향해 밤새 씩씩거렸다.

인생구슬

이튿날, 선주는 학교에 도착하자마자 하빈이에게 달려갔다.

"너, 나랑 얘기 좀 해."

낡은 식물도감에 코가 닿을 듯 머리를 박고 있던 하빈이가 천천히 고개를 들더니 보고 있던 페이지를 가리키며 말했다.

"선주야, 이것 좀 봐. 이거 극락조 꽃이야. 정말 새처럼 생기지 않았니? 새를 유인하려고 꽃이 새 모양인 거야. 정말 신기하지 않니?"

"그 책 좀 치워. 할 얘기가 있어. 오늘 좀 만나."

"어? 오늘은 목요일이 아니라 금요일인데. 우린 목요일, 그러니까 나무의 날 만나기로 한 사이잖아."

하빈이가 고개를 갸웃거리며 천천히 말했다. 선주는 잠시 동안 하빈이를 찬찬히 뜯어보았다. 저런 엉뚱한 말을 어떻게 저렇게 아무렇지도 않게 하는 걸까? 도대체 나는 이런 이상한 애와 무슨 이야기를 하려는 걸까? 그런데도 하빈이를 만나고 나면 자꾸만 뭔가 생각하게 된다. 자꾸만 질문이 떠오른다.

"목요일이든 금요일이든 그게 무슨 상관이야. 얘기 좀 해. 뭐든 질문은 다 하라며. 다 대답한다며!"

"와, 이제야 질문이 널 찾아갔구나. 축하할 일이야."

활짝 웃음 짓는 하빈이의 눈이 진지하게 반짝였다. 그 눈빛을 보고 있자니 선주는 또 마음이 흔들렸다. 하빈이 말이 다 맞는 것 같다. 안 돼. 저 눈빛에 속지 말아야 해. 선주는 고개를 외로 꼬아 하빈이의 시선을 피했다.

"그래. 네가 좋아하는 질문, 내가 할게."

선주는 일부러 힘주어 똑 부러지게 말했다.

"그래그래, 어디 보자. 오늘은 금요일 쇠의 날이지? 나무의 날만큼은 아니지만, 날개와 나팔이 있는 곳에서라면 괜찮을 거야. 하지만 친구들이 있어야 돼. 다 같이 모이지 않으면 날개도 나팔도 소용이 없거든. 오후에 사이프러스에서 모두 같이 만나자."

"또 왜? 일주일에 한 번도 지겨운데 그 이상한 애를 왜 또 만나야 하는 거야?"

새롬이 목소리에서 짜증이 가득 묻어 나왔다. 하지만 선주의 비장한 분위기에 새롬이도 더는 아무 말도 하지 않았다.

선주와 새롬이가 사이프러스에 들어섰을 때, 하빈이와 태정이는 벌써 마주 앉아 있었다.

"얼른 와, 오늘의 질문자."

하빈이가 오래된 친구를 부르듯 선주를 반갑게 맞았다. 선주는 하빈이의 웃음이 따뜻하게 느껴져 당황스러웠다. 그렇지만 오늘은 따지는 날이다.

선주는 자리에 앉자마자 화내듯 물었다.

"어제 너, 네가 여기가 아닌 다른 세계에서 왔다고 했어. 그세계가 있다는 걸 증명해 봐."

처음부터 세게 나갈 작정이었다.

"어? 어. 증명해 보라고? 근데 없다는 증거도 없잖아?"

하빈이가 되물었다.

"눈에 보이지 않는 세계가 있을 수는 없어."

"눈에 보이지 않는 세계는 없다. 그러니까 보이지 않는 다른 세계란 존재하지 않는다? 그렇게 생각하는 거구나. 와, 신기하다."

하빈이는 천천히 말을 마치고 선주, 태정이 그리고 새롬이를 차례로 바라보았다. 그리고 난데없이 제 휴대폰을 꺼내 들었다.

"이거 봐 봐. 이게 내 휴대폰이야. 내가 여기 번호를 누르면 이선주 너한테 신호가 가잖아. 너 이게 믿어져? 안 신기해? 나는 너무 신기하거든. 너는 이 폰에서 저 폰으로 가는 신호가 보이니? 보이지도 않는데 어떻게 그걸 믿어? 근데도 넌 그 전화를 쓰잖아. 혹시 우리가 모르는 요정들이 메시지를 읽고 전해 주는 건 아닐까? 여기서 컴퓨터를 켜면 저 멀리 바다 바깥 사람한테까지 연결되잖아. 너는 그게 보이니? 라디오는? 켜기만 하면 소리가 나. 신기하지 않니? 감기에 걸리는 것도 신기해. 감기란 바이러스가 면역이 약한 사람의 몸에 들어가서 생기는 거래. 자, 봐 봐. 어느 날 갑자기 기침을 해. 어디서 어떻게 감기 바이러스가 왔는지는 몰라. 그냥 감기에 걸릴 뿐이야. 네 눈에는 그 바이러스가 보여? 어디서 어떻게 왔는지 알아? 그래도 넌 네가 감기에 걸렸다고 믿잖아. 인간은 항상 보이지 않는 것들의 결과를 감당하며 살고 있어. 그런데 보이지 않으니까 존재하지 않는 거라고? 그건 좀 이상하지 않니?"

오랫동안 준비해 온 것처럼 하빈이는 말을 쏟아 냈다. 혼란스럽다는 표정이었다. 주장이라기보다는 호소에 가까웠다. 하빈이의 흔들리는 눈빛에 선주도 마음이 흔들렸다. 하빈이의 혼돈 속으로 같이 말려들어 갈 것만 같았다. 선주는 끝까지 몰아붙이겠다고 마음을 다잡았다.

"그런 건 과학적으로 입증이 된 거잖아. 지금 우리 눈에는 보이지 않아서 지금 당장 확인시켜 주지는 못하지만, 이 세상 어딘가에는 네게 그걸 확인시켜 줄 수 있는 과학이 있어."

선주가 냉정하게 이야기했다.

"그렇다면 세계 7대 불가사의는? 버뮤다 삼각지대에서 비행기가 사라지는 이유는? 유에프오는?"

질문하기로 한 건 하빈이가 아니었지만 하빈이는 느릿느릿, 하지만 끝없이 질문을 쏟아 냈다.

"언젠가는 밝혀지겠지. 마치 무덤 근처에 어른거리는 불빛을 도깨비불이라고 믿었지만 사람 뼈에서 나온 인 성분 때문이라는 걸 밝혀낸 것처럼. 니가 늘어놓는 이야기는 그냥 궤변일 뿐이야. 그런 식으로 관심을 끌고 싶은 거겠지. 하지만 다른 세계 따위는 없어. 그러니 이제 장난을 끝내."

선주가 차갑게 말했다. 잠시 사이를 두었다가 하빈이가 먼 곳을 바라보며 입을 열었다.

"그럼, 사람은 죽으면 어디로 갈까? 죽은 영혼들은 어디로 갈까?"

슬픈 목소리였다. 잠시 유령이라도 지나가는 듯 싸늘한 기운이 네 사람 사이를 파고들었다.

"그냥 사라지는 거야. 아무것도 남기지 않고."

입을 열어 그 말을 하는 선주의 가슴이 시리게 아파 왔다. 선주의 말을 들은 하빈이가 작게 고개를 끄덕였다.

"아, 너희들은 그렇게 생각하는구나. 그래서 자살 같은 걸 생각하나 보다. 지금 너무 고통스럽다, 죽으면 다 끝난다, 이렇게 생각하는 거지?"

"그럼 죽으면 어떻게 되는데?"

이번에는 호기심으로 눈을 빛내며 새롬이가 물었다.

"영혼들이 한데 모이지. 그리고 기다리는 거야."

"뭐를?"

"추첨을, 간절하게."

"뭘 위한 추첨?"

"다시 인간이 되기 위한."

"그게 어려워?"

"그럼. 잠들어 있던 일본 목련 씨앗이 2천 년 만에 싹을 틔우고 꽃을 피운 것만큼이나 어려운 일이야."

"뽑히면 어떻게 되는데?"

"그 다음부터 드라마가 시작되지."

"드라마?"

질문은 계속 새롬이가 하고 있었다. 말도 안 되는 헛소리라고 생각하면서도 선주 역시 귀를 기울이고 있었다.

"그래, 드라마. 다시 인간이 되도록 선택된 영혼은 아주 커다란 방으로 가게 돼. 헤아릴 수 없을 만큼 많은 구슬들이 있는 방. 애들이 들어가서 노는, 작은 공이 가득한 놀이터 같은 데를 상상하면 될 거야. 그 구슬 하나하나가 그 방에 들어간 사람이 선택할 수 있는 인생이지. 자기가 선택한 구슬을 정수리에 얹으면 시뮬레이션도 가능해. 앞으로 살게 될 인생의 중요한 부분을 미리 겪는 거야. 물론 마음에 안 들면 다른 구슬을 찾으면 되지."

"구슬이 방 안 가득 있으면 그걸 언제 다 살펴봐?"

새롬이는 이야기에 푹 빠져 있었다.

"그래서 검색 기능이 있어. 자기가 원하는 인생의 키워드를 넣으면 알맞은 구슬들이 만족도 순으로 모이거든. 예를 들어 이번에는 한국에서 남자로 태어나고 싶다면 선택할 수 있는 구슬들만 영혼 주위에 모이게 돼. 그러면 자기가 원하는 인생을 좀 더 쉽게 찾을 수 있으니까."

"아, 그럴 수도 있겠구나."

새롬이가 신기하다는 듯 말했다.

'놀고들 있네.'

선주는 자리를 박차고 나가 버리고 싶은 마음을 꾹 참았다. 그리고 다시 논리적으로 하빈이에게 물었다.

"좋아, 네 말이 다 맞다 쳐. 그럼 누가 자살을 한다면 그것도 이미 그 구슬에서 그 사람 인생의 과정으로 나와 있는 거 아니야? 자살할 인생이라는 걸 알고 선택한 거고, 그럼 어차피 그 선택대로 되는 거잖아. 그런데 왜 너 따위가 여기까지 와서 이래라저래라 하는 거지?"

하빈이가 무릎을 탁, 치며 반갑다는 듯이 말을 받았다.

"그래, 바로 그 부분에서 우리가 필요한 거야."

그 부분에서 필요하다구? 선주는 미간을 찌푸렸다. 다 헛소리야. 선주의 머리는 계속되는 하빈이의 궤변을 무시하고 싶었다. 그런데 마음속에서는 자꾸만 거역할 수 없는 호기심이 일

었다. 하빈이는 재미있는 이야기의 클라이맥스를 감질나게 말
하는 사람처럼 침을 한 번 삼키며 시간을 끌더니 입을 열었다.

"우리 세계의 슈퍼컴퓨터는 수많은 변수를 고려해서 구슬을
생산해. 구슬을 선택하고 새 인생이 시작되면 자기가 과거에
다른 삶을 살았다가 죽어서 현재의 삶을 선택했다는 사실을
기억하지는 못해. 오직 구슬을 선택하는 동안, 그러니까 죽음
과 새로운 삶의 경계에 서 있는 동안만 자신의 모든 전생을 한
꺼번에 기억할 수 있어. 선택을 하고 인생이 시작되면 아무것
도 기억을 못하지. 하지만 우리 마음 아주 깊은 곳에는 지금의
이 삶을 내가 선택한 거라는 일종의 믿음 같은 게 있어. 그렇기
때문에 사람들은 힘든 순간이 닥쳐도 자신이 선택한 삶을 결
코 포기하지 않는 거야. 그건 모든 구슬이 마찬가지야. 우주의
구슬 프로그램 변수 가운데 자살 항목은 없거든. 그러니까 그
수많은 구슬 속 인생 중에 자살로 끝이 나게끔 프로그래밍 된
경우는 없다는 말이야. 그런데 요즘 그 프로그램에 버그가 생
겼어. 원래 프로그램에 없는 자살 사건이 자꾸 생기잖아. 우리
세계에서는 오랫동안 그 이유를 분석하고 있는데, 아마 우주
의 먼지 때문이 아닌가 추정하고 있어. 우주의 먼지가 구슬에
붙어서 프로그램에 오류를 일으키면 영혼들은 지금 이 삶이
원래 자기가 선택한 것이라는 마음 깊은 곳의 확신을 잃게 되
는 거야. 지금으로서는 프로그램 전체를 고치려면 시간이 너
무 많이 걸리기 때문에 한 천 년 전부터 안전요원을 파견하기

시작했지. 안전요원의 임무는 지금 각각의 사람들이 누리고 있는 이 삶이 바로 그 사람이 이미 알고 선택한 것이라는, 그렇기 때문에 충분히 헤쳐 나갈 수 있고 책임질 수 있다는 확신을 일깨워 주는 거야. 그래서 올바른 선택을 할 수 있도록 돕는 거지. 그런 임무를 가진 종을 이쪽 세계에서는 천사라고 부르는 거고, 우리는 직종상 안전요원으로 분류해. 물론 천사가 항상 성공하는 건 아니야. 특히 요즘에는."

하빈이는 마치 산업혁명의 과정을 설명하는 세계사 선생님처럼 무심하게 말을 마쳤다. 그리고 선주에게 물었다.

"어때? 네 질문에 대답이 됐니?"

사이프러스에서의 묘한 대화가 끝나고 나자 늘 그렇듯 넷은 뿔뿔이 흩어졌다. 새롬이는 공원 쪽으로, 하빈이는 아파트 단지 쪽으로 움직였다.

태정이와 함께 전철역 쪽으로 가던 선주가 말했다.

"태정아, 너 먼저 가. 나 잠깐 어디 좀 들렀다 갈게."

선주는 왔던 길을 그대로 되돌아서 사이프러스로 향했다. 건물로 들어가 한 계단씩 꾹꾹 눌러 밟으며 선주는 생각했다.

'천사? 웃기셔. 구슬이 뭐 어쩌고 어째? 날개니 나팔이니 하는 말도 안 되는 소리를 받아 주는 어른이 있다는 것도 이상해. 그 아줌마한테 단도직입적으로 물어봐야겠어.'

선주가 사이프러스의 문을 열었다. 해가 기운 오후, 부드러운 남색 하늘이 선주의 시야에 들어왔다.

"어머, 너 다시 왔구나? 뭐 놓고 갔니?"

주인 아줌마가 입구에 놓인 작은 꽃 화분들에 물을 주다가 고개를 들어 선주를 바라보았다.

"아뇨, 놓고 간 게 있는 건 아니구요. 여쭤 보고 싶은 게 있어서……."

"뭔데?"

"저기, 아까, 저랑 같이 온 그 친구요."

"누구? 하빈이?"

"네, 걔가 들고 온 그 화분이……."

"아, 그거! 천사의 날개?"

"네? 네. 그, 천사의……. 그걸 왜 천사의 날개라고 부르는지, 궁금해서요."

아줌마는 선주의 말에 고개를 갸웃했다.

"왜 그렇게 부르냐구? 그거야 그게 천사의 날개니까."

선주가 사이프러스로 되돌아가고 있을 무렵, 골똘히 생각에 잠겨 공원 쪽으로 걷던 새롬이가 별안간 뒤를 돌아보았다. 멀리 아파트 단지 안으로 걸어 들어가는 하빈이가 보였다. 새롬이는 하빈이를 부르며 달려갔다.

"야! 잠깐만 기다려 봐!"

"어? 어. 왜?"

하빈이가 놀란 표정으로 뒤돌아보았다. 한달음에 달려온 새롬이는 하빈이의 팔을 잡아끌었다.

"우리, 저기 가서 잠깐만 앉자."

새롬이는 하빈이를 끌고 근처 벤치로 갔다. 하빈이는 영문을 모르겠다는 듯, 새롬이에게 이끌려 벤치에 앉았다. 새롬이는 두 무릎을 바싹 붙이고 조심스레 하빈이에게 물었다.

"아까 네가 한 이야기 말이야, 뭐 좀 물어보고 싶어서 그러는데."

"뭘?"

"그러니까 네 말은 모든 사람이 자기가 원하는 인생의 구슬을 선택한다. 그러니까 지금의 인생은 자기가 선택한 거다, 이런 뜻이지?"

"단순하게 말하면 그렇지."

"그럼 말이야, 내 생각엔 모든 사람이 다 부자나 유명인이나, 그런 사람이 되고 싶을 것 같거든? 근데 전부 그런 건 아니잖아."

새롬이가 조심스레 물었다. 말을 하고 나니 자기가 부자나 유명한 사람이 되고 싶다는 속마음을 드러낸 것 같아 낯이 뜨거워졌다.

하지만 하빈이는 새롬이의 속마음을 알아차리지 못한 듯 질문에 열심히 대답했다.

"아, 그러니까 모두들 이 세계 기준으로 잘난 사람으로 태어나고 싶을 것 같다, 이거지? 그래, 물론 그렇게 생각할 수 있어. 하지만 죽은 영혼들은 자연히 알게 되지. 그런 건 하나도 중요하지 않다는 걸. 너도 한번 상상해 봐. 어느 유명한 귀족 가문의 딸로 일곱 번 정도 다시 태어난다면, 또 그런 삶을 살고 싶겠니? 오히려 평범한 삶을 동경하게 될걸? 실제로 1800년대에 그런 일이 있었어. 어느 괴팍한 영혼이 자기는 계속 왕족 구슬만 선택하겠다고 선언했지만, 결국 영혼 우울증에 걸려서 다섯 번 만에 포기하고 말았지. 그 이후로 그 기록은 깨지지 않았고."

새롬이는 눈을 동그랗게 뜨고 스펀지가 물을 빨아들이듯 하빈이가 하는 말을 받아들였다. 새롬이는 하빈이 말을 믿고 싶었다. 하지만 여전히 풀리지 않는 점이 있었다.

"그래, 네 말도 일리가 있는 것 같아. 늘 유명하거나 부자로만 산다면 그것도 지겨울 수 있겠지. 평범하고 아무렇지도 않은 인생을 선택할 수도 있을 것 같아. 그런데 말이야, 그러니까, 아픈 사람들 있잖아. 어디가 좀 불편하다든가 그런 사람들 말이야. 그런 사람들의 영혼도 그 인생을 선택한 거니?"

새롬이의 말에 잠시 하빈이가 먼 곳을 바라보았는데, 그 눈빛이 복잡하게 엉켜 있었다. 새롬이는 괜한 걸 물어봤나 싶어 초조했다.

하빈이는 천천히 입을 열었다.

"음. 그래. 사실은 나도 초보 안전요원 시절부터 그게 궁금했어. 왜 어떤 영혼들은 아픈 삶을 선택할까, 하는 거 말이야. 내가 너희들에게 저쪽 세계에 대해 멋지게 말을 하지만 나는 한갓 안전요원에 지나지 않아. 그렇지만 내가 혼자 열심히 생각해 보고, 또 선배 안전요원들한테서 들은 이야기를 종합하면 이래. 우리가 어떤 사람을 좋아하는데 그 사람 얼굴에 점이 있다면, 설사 점 자체가 결함이라고 해도 점을 포함한 그 사람을 사랑하게 되잖니? 그런 것처럼 어떤 인생구슬에 매료되면 다른 건 보이지 않게 되는 것 같아. 그 인생 자체가 너무 아름다우니까. 그리고 말이지, 내가 364년 동안 안전요원을 하면서 알게 된 비밀인데, 자세히 들여다보면 아프지 않은 구슬은 없어. 상처는 인생구슬의 주요 변수거든. 아픔이 없으면 구슬이 만들어지지도 않는걸."

말을 마친 하빈이는 조금 쓸쓸하게 웃었다. 새롬이가 다짐이라도 받듯이 물었다.

"그러니까 어떤 사람이 아프다고 해도, 몸이 불편하다고 해도, 그게 전생의 죄 때문은 아닌 거지?"

새롬이가 '전생의 죄'라는 말을 입 밖으로 내는 순간 '칵' 하고 목이 막혀 그 소리가 뭉개졌다. 새롬이는 하빈이가 못 알아들었으면 어쩌나 걱정이 되었다. 하빈이는 새롬이의 걱정이 무색하게 다정한 목소리로 말했다.

"응. 결코 전생의 죄 때문이 아니야. 절대로."

'내가 전생에 무슨 죄를 지었기에 이 고생을 하고 사나.'

하빈이와 헤어져 돌아오는 길에 새롬이는 지겹도록 들어 왔던 그 말을 새삼스레 떠올렸다. 하도 많이 들어서 듣지 않으면 잠이 오지 않는 자장가 같은 말……. 아주 어렸을 때는 그 말이 무슨 뜻인지 몰랐다. 초등학교 때던가, 교회 여름 성경학교에서 새롬이는 별안간 궁금해진 마음에 주일학교 선생님에게 손을 들고 물어보았다.

"전생에 죄를 지어 고생을 하고 산다는 게 무슨 뜻이에요?"

당황한 선생님은 예수님을 믿으면 천국에 가니 아무 걱정할 필요가 없다고 서둘러 말했지만 새롬이는 뭔가 석연치 않은 느낌이 들었다. 집에 가는 길, 남자아이 하나가 새롬이를 바짝 따라붙어 이렇게 속삭이고 도망쳤다.

"전생에 죄를 지어 고생을 하고 산다는 건, 니네 엄마가 옛날에 나쁜 짓을 많이 해서 지금 병신이 되었다는 뜻이야. 알겠냐?"

병신이라니……. 그건 새롬이네 집에서는 금기어였다. 새롬이는 사흘 동안 열이 끓면서 앓았다. 그리고 다시는 교회에 가지 않았다.

그 날 이후 처음으로 새롬이는 '전생의 죄'라는 말을 입 밖에 냈다. 그 말은 무섭게 쏟아지는 비처럼 속수무책의 절망감을 안겨 주었다. 새롬이 엄마는 다리를 절었다. 소아마비라고 했다.

새롬이 엄마는 참 예뻤다. 호수처럼 깊은 눈빛은 마주한 사

람들의 마음을 단박에 사로잡았고, 발그레한 볼은 나이와 상
관없이 엄마를 소녀처럼 보이게 했다. 엄마 입가에 엷은 미소
만 감돌아도 보는 사람이 저절로 행복해졌고, 매끄럽고 풍성
한 머리칼은 누구라도 탐낼 만했다. 미모로만 보자면 엄마는
영화배우를 하고도 남았다.

　엄마가 그렇게 예쁘지 않았더라면 다리의 장애가 덜 서글펐
을지도 모른다. 새롬이는 수학 시험에서 50점을 받았을 때보
다 99점을 받았을 때 더 안타까워지는 것과 같은 이치라고 생
각했다. 완벽한 사람에게서 아주 중요한 한 가지를 빼앗아 모
든 걸 불가능하게 만들어 버리는 건 신의 장난일까? 새롬이는
엄마의 불행이 사무치게 슬펐지만 그 불행이 만들어 낸 우수
의 그림자마저도 아름답다고 느꼈다. 그리고 생각했다. 자신
은 아빠의 길고 늘씬한 다리와 엄마의 인형 같은 얼굴을 닮아
서 참 다행이라고.

　그렇지만 새롬이에게도 숨기고 싶은 부분이 있다. 그건 바
로 손이다. 불행하게도 새롬이의 손은 하얗고 가녀린 엄마 손
이 아니라 짧고 뭉툭한 아빠 손을 닮았다. 그것 또한 신의 장난
이었다. 왜 하필 손이란 말인가. 눈이 작다면 코가 오똑하지 않
다면 수술을 해 볼 수도 있을 텐데, 손은 어떻게 할 수가 없다.
그저 가릴 수 있을 뿐이다. 새롬이는 그래서 틈만 나면 주머니
에 손을 넣어 버리거나 열중쉬어 자세를 했다. 뭉툭한 손만 빼
면 새롬이는 자신이 충분히 만족스러웠다.

"넌 모든 걸 갖췄어. 널 봐. 누구라도 널 사랑하지 않을 수 없어. 엄마가 이룰 수 없던 몫까지, 네가 다 이루렴."

엄마는 새롬이에게 종종 이렇게 말하곤 했다.

'그래, 어쩌면 엄마는 다리를 절어도 나처럼 예쁜 딸을 낳게 되는 구슬을 선택한 건지도 몰라. 그러니까 그건 엄마의 죄 때문이 아닌 거야. 우리 엄마같이 착한 사람이 죄를 지었을 리가 없어.'

새롬이는 마음이 한결 가벼워졌다.

연극의 구성

"자, 수학여행 준비 회의 하자! 애들아, 조용히 좀 해!"

반장 윤주가 걱정스러운 목소리로 회의를 시작했다. 태정이는 턱을 괴고 윤주를 바라보았다. 사실 윤주는 반장감은 아니다. 웬만큼 공부를 해서 반장 후보에 오른 애들 가운데 진짜 반장을 할 만한 애는 없었다. 그래서 평판이 그닥 나쁘지 않은 윤주가 반장이 되었다. 지난 학기, 명목상의 반장은 윤주였지만 실질적으로 반을 이끌어 나간 것은 태정이였다. 공부를 좀 더 잘해서 후보가 될 수 있는 성적이었다면 분명 태정이가 반장이 되었을 거다.

"조용히 좀 해. 반별로 장기 자랑을 해야 하는데, 뭐 좋은 의견 없어?"

반장은 이제 거의 애원하는 지경이었다. 반장의 시선은 태정이를 향해 있었다. 태정이는 애써 그 눈길을 외면했다. 반 아이들 모두 조용했다. 태정이는 아이들도 모두 자신을 바라보고 있는 것처럼 느꼈다. 작년 수련회 때도 태정이는 반별 장기 자랑 대표를 맡았다. 그 때 끼 있는 아이들 몇 명을 모아서 각 과목 선생님을 흉내 내는 퍼포먼스를 했는데 인기 만점이었다. 1등을 한 건 말할 필요도 없다.

'그 때 정말 재미있었는데……'

작년 이맘때의 일이 아득한 옛날처럼 느껴졌다. 나서서 무언가를 한다면 재미는 있겠지만 지금은 아니다. 장기 자랑 준비와 자살은 너무 어울리지 않는다. 괜히 나섰다가 계획에 차질이 생기면 안 된다. 하지만 그것만이 이유는 아니다. 지난 주 선주에게 『자살토끼』를 건네고 나서 우울한 척하기로 마음먹자, 기다렸다는 듯 진짜로 우울해졌다. 일부러 연기할 필요가 없으니 편하기도 했지만 다른 한편으로는 자신의 예상치 못한 모습이 당황스러웠다.

나서기 좋아하고, 무슨 일이든 척척 해내고, 아이들을 이끌고, 주변 사람들의 문제를 해결해 주는 것, 태정이는 그것이 자신의 모습이라고 오랫동안 믿어 왔다.

"윤태정, 뭐 좋은 아이디어 없어?"

기다리다 못한 반장이 결국 태정이에게 직접 물었다.

"응, 뭐 별로, 생각나는 게 없는데……"

태정이는 말꼬리를 흐렸다. 하고 싶지 않아서 안 하는 것뿐인데, 아이들과 반장이 비난하는 것 같아 언짢아졌다.

'뭐야, 꼭 내가 해야 하는 건 아니잖아? 1학기 환경 미화도, 합창대회 준비도 다 내가 했는데. 지금 안 한다고 날 이기적인 사람 취급하는 거야?'

태정이는 억울한 기분이 들었다.

"정말 다들 아무 말도 안 할 거야? 그럼 내가 이상한 걸로 정해도 니들이 다 해야 돼! 나중에 나한테 뭐라고 하지 마!"

반장은 짜증난다는 듯 교탁을 손바닥으로 한 번 탁, 내리치고는 자리로 돌아갔다.

"태정아, 금요일에 같이 가 주라. 응?"

애가 타는지 반장은 쉬는 시간 내내 태정이에게 달라붙어 졸라 댔다.

"반장! 어떻게 가면 되는지 내가 다 알려 줄게. 전화번호도 알려 줄 테니까, 그냥 너 혼자 가면 안 되냐?"

태정이는 정말 귀찮았다.

"정말 실망이야. 작년엔 네가 장기 자랑 대표를 맡아 1등을 했대서 얼마나 기대했는데. 너 나한테 감정 있어? 왜 안 도와 주는 거야? 네가 그러면 너 설득 못했다고 욕먹는단 말이야. 응?"

반장은 짐짓 화난 척했다. 모든 것을 혼자 떠맡는 게 싫은 것 같았다. 수학여행 준비가 아무 호응이 없자 반장은 유치하게도 가장행렬을 하자고 했다.

지난해 합창대회에서 태정이네 반은 화려한 의상을 선보여 주목을 끌었다. 반장은 굳이 태정이가 작년에 의상을 빌렸던 그 곳에 가자고 했다. 어떻게든 태정이를 끌어들이려고 하는 것이었다. 안 하겠다고 했지만 의상을 고르고 소품을 챙기다 보면 자연스레 태정이가 장기 자랑 준비를 이끌어 갈 거라는 게 반장의 계산인 것 같았다.

"태정아, 응? 같이 가자. 네가 같이 가야 좀 싸게 할 거 아냐. 난 길도 잘 모르고. 응? 제발 같이 가 줘."

"알았어, 알았어. 갈게."

태정이는 마지못해 대답했다.

"아, 고마워! 진짜 고마워!"

반장은 지나치다 싶게 좋아했다.

'날 끌어들이려고 잔머리 굴려 봐야 소용없다. 이번에는 나도 나만의 계획이 있어. 너희들이 수학여행 가 있을 때 나는 사막에 있을지도 모른다구.'

태정이는 속으로 생각하며 반장을 향해 믿음직스럽게 웃어 보였다.

"역시 태정이야. 태정이가 우리를 버릴 리 없지. 책임감 하나는 태정이 따라올 사람 없으니까!"

반장은 호들갑을 떨며 자리로 돌아갔다.

날 끌어들이려고
잔머리 굴려 봐야 소용없다.
이번에는 나도
나만의 계획이 있어.

책임감이라는 말이 태정이의 마음에 와 부딪쳤다.

'내가 자살 소동을 벌이고 엄마와 동생이 알게 된다면 아마 난리를 치겠지. 어떻게 무책임하게 그럴 수 있냐면서.'

무책임. 그건 태정이네 집에서는 중죄였다. 아내와 자식들을 버리고 떠난 아빠의 무책임은 회복할 수 없는 상처였으니까. 그래서 태정이는 그런 아빠를 대신해 지금까지 책임감 있는 딸이 되려고 노력해 왔다. 엄마와 동생에게는 어떤지 모르겠지만, 태정이에게 아빠는 무책임한 사람이 아니었다.

맨 처음 동화책을 읽어 준 사람도 아빠였고, 목말을 태워 준 사람도 아빠였고, 이를 안 닦고 잠든 날 엄마에게 혼나지 않도록 거짓말을 해 준 사람도 아빠였다. 아빠 품 안에서라면 태정이는 얼마든지 무책임해도 괜찮았다. 그 따스한 품은 오래가지 않았다. 하지만 태정이는 슬퍼하지 않았다. 태정이에게는 아빠와의 약속이 있었으니까.

엄마 아빠가 이혼한 뒤, 한 달에 한 번씩 아빠가 찾아올 때마다 태정이는 물었다.

"아빠! 태정이랑 한 약속 안 잊어버렸지?"

"그럼, 우리 딸이랑 한 약속을 어떻게 잊어버리겠어. 아무한테도 말하지 않기다. 네가 큰딸이니까 엄마를 지켜 줘야 해. 너는 착한 아이잖아. 아빠는 널 믿어."

"응, 그럼. 아빠도 약속 절대 잊어버리지 마!"

태정이는 그 안에서는 한없이 무책임해져도 되는 아빠의 사랑을 잃지 않기 위해 아빠가 떠난 자리를 메우는 책임감 있는 딸이 되었다. 열여덟 살 생일이 되는 날을 손꼽아 기다리면서.

아빠가 찾아오는 횟수가 점점 줄어들었지만 태정이는 한 번도 아빠가 약속을 잊을 거라고 생각해 본 적이 없었다. 하지만 무책임한 사람이라던 엄마 말이 맞는 걸까? 아빠는 정말 무책임하게도 태정이의 열여덟 번째 생일을 그리고 그 약속을 까맣게 잊었다.

같은 날 오후, 새롬이는 수업을 마치고 학원에 가기 전 한 시간 동안 피시방에 있었다. 작전이 시작되었다는 것만으로 새롬이는 전율을 느꼈다. 드라마에 캐스팅이라도 된 것 같았다. 태정이가 가장 먼저 시작한다. 태정이가 벌이는 소동에 대한 수습은 선주가 맡는다. 그러니 사실 이번 일에서 새롬이의 역할은 크지 않다. 만약 일이 잘못되었을 때 옆에서 도와주는 정도다. 하지만 일이 잘못될 것은 없다. 이건 아주 간단한 한 편의 연극일 뿐이니까. 관객들이 연극과 실제 상황을 구별하지 못한다고 해서 연극이 진짜가 되는 건 아니다.

연극의 구성은 간단하다. 주인공이 조연에게 사건을 일으킬 시간과 장소, 자살 방법 그리고 가짜 유서가 담긴 봉투를 전한다. 주인공을 도와줄 조연은 우연히 그 장면을 목격한 것처럼 가장하고 주인공이 지정한 사람에게 연락을 한다. 태정이는 아빠에게 전화를 해 달라고 했고, 엄마는 몰랐으면 좋겠다고 했다. 새롬이는 진석 오빠에게만 알리고 싶었고, 선주는 뭐가 그리 복잡한지 아직도 대상을 정하지 못했다.

되도록 꼭 필요한 사람 말고는 모르게 하는 것이 중요하다. 그러나 갑작스러운 변수가 생길 때를 대비해 최소한 2주 정도는 죽을 사람처럼 우울한 분위기를 풍긴다. 그래야 자살 소동이 아니라 자살 시도였다고 믿게 할 수 있을 것이다. 봉투 안에 든 유서는 주인공이 선택한 바로 그 사람에게 조연이 직접 전달하기로 한다. 그 안에는 목숨을 담보로 원했던 것이 무엇인지 은근하게, 하지만 거부할 수 없는 힘으로 담겨 있을 것이다.

'역시 태정이는 대단해.'

새롬이는 감탄했다. 이 모든 계획은 태정이 머리에서 나온 것이었다. 각각의 소동에 적어도 2주의 시간차를 두자는 것도 태정이 생각이었다. 사람들에게 의심받지 않으려면 그렇게 해야 한다고 했다.

사실 연달아 그런 일이 일어난다 해도 학교에서는 별 관심이 없을지 모른다. 학교 입장에서 보면 아이들은 하나의 뭉뚱그려진 덩어리에 불과하다. 거기엔 각자의 고민도 개성도 아무것도 존재하지 않는다. 한 명 한 명의 구체적인 삶은 각자가 챙겨야 할 몫일 뿐이다. 비슷한 일이 여러 번 일어나면 혀를 차겠지만, 아무도 일이 어떻게 된 것인지 진지하게 캐려고 하지는 않을 거다. 새롬이는 상관없다고 생각했다.

'난 스타가 될 거야. 나중에는 학교 교문 앞에 내 이름이 적

힌 현수막을 걸어 놓고 싶다고 애원하겠지?'

새롬이는 달콤한 상상을 하며 인터넷 검색창에 '자살 방법'이라고 쳐 넣었다. 비록 소동이지만 멋지게 하고 싶었다. 아름답게. 완벽한 배우처럼. 새롬이는 모니터에 얼굴을 바싹 갖다 댔다.

"뭐야, 이건."

한참 모니터를 들여다보던 새롬이는 새침한 표정을 지었다. 죽고 싶어 하는 사람은 너무 많은데 구체적인 방법을 알려 주는 사람은 없었다.

문득, 새롬이는 누가 자기를 지켜보고 있는 것 같은 기척에 고개를 휙 돌렸다.

'누구, 아는 사람 있나?'

아무도 없었다. 피시방 안을 한바퀴 둘러보고 다시 모니터를 들여다보았다. 하지만 아무리 찾아봐도 멋지게 죽을 방법을 알려 주는 글은 없다.

새롬이는 조금은 맥이 빠져서 열어 놓은 웹 페이지를 닫지도 않고 피시방을 나왔다.

뭔가 수상하다

"진짜야?"

"응, 정말이야."

체육 수업을 받으러 운동장으로 나가는 길에 선주는 아이들이 속살거리는 소리를 듣고 머리털이 쭈뼛 섰다.

'내 이야기를 하는 건가? 누가 언니 일을 알고 있나?'

괜한 생각이라는 걸 선주도 알고 있다. 여기는 예전에 살던 곳에서 한참 떨어진 동네다. 언니 일을 누가 알고 있을 리가 없다. 하지만 그건 머리로 이해하는 거고, 마음은 순식간에 불안과 두려움으로 가득 차 버렸다. 선주는 아무렇지도 않은 척 걸으면서도 앞에서 들려오는 아이들의 대화에 집중했다.

"걔 짝이 떨어진 지갑을 주워 주다가 우연히 주민등록증을 봤대."

"근데 정말이래? 2년이나 꿇은 게 확실해?"

"그렇다니깐. 걔 약간 이상한 게 확실해. 저번에는 걔가 국어 시간 전에 뜬금없이 오늘은 선생님이 아파서 수업에 못 들어온다고 그러는 거야. 그냥 장난치는 건 줄 알았는데, 국어 선생님 진짜 아파서 못 들어왔잖아. 반장도 모르고 있던 걸 걔가 먼저 알고 있더라구. 걔는 그 날 교무실에 간 적도 없는데 말이야. 걔 아침에 일찍 와서 항상 화초 이파리를 만지작거리면서 창밖을 내다보고 있잖아. 그럴 때 무슨 기 같은 걸 받아서 미래를 예견하는 건가?"

"에이, 말도 안 돼!"

"아무튼 이상해. 만날 들여다보는 그 책도 약초 같은 게 잔뜩 나와 있는 것 같더라. 나무가 어쨌느니 식물이 어쨌느니 하는 것도 그래. 마녀 같아서 기분 나빠. 왜 그런 애가 우리 반으로 전학 왔는지 모르겠어. 불길하게시리."

거기까지 듣고 선주는 눈치챘다. 하빈이 이야기를 하고 있었다. 하빈이가 좀 이상하다는 건 진작부터 알고 있었고 이제는 그 사실을 선주보다 더 잘 알고 있는 사람은 없을 것이다. 하지만 선주보다 나이가 두 살이나 많다는 건 처음 듣는 소리였다. 도대체 하빈이의 정체를 알 수가 없다. 오늘은 수요일, 내일이면 또 하빈이와 만나게 된다. 그 전에 하빈이의 정체를 꼭 파악하고 싶었다. 선주는 결심했다.

'오늘 하빈이 뒤를 밟아 봐야겠어.'

선주는 수업이 끝나자마자 천천히 가방을 챙기며 하빈이의
동정을 살폈다. 하빈이가 교실을 나가자 선주도 곧바로 하빈
이 뒤를 따라붙었다. 하빈이는 평소에 가던 아파트 단지가 아
니라 전철역 쪽으로 걷고 있었다. 선주는 50미터쯤 거리를 두
고 걸으며 놓치지 않으려고 하빈이의 뒤꼭지를 뚫어져라 바라
보았다. 아이들이 어느 정도 흩어지고 나자 하빈이의 뒷모습
전체가 눈에 들어왔다. 팔랑팔랑. 하빈이의 걸음걸이는 나비
처럼 가벼웠다. 마치 신발에 날개라도 단 것 같았다. 하빈이의
걸음에 견주면 선주의 걸음은 다리에 커다란 자루라도 매단
것처럼 무거웠다. 선주는 하빈이가 포르르 날아가 버려 놓치
기라도 할까 봐 다리의 긴장을 늦추지 않았다.

'어디 가는 거지?'

선주는 조마조마했다. 그냥 돌아갈까 하는 생각도 들었다.
불필요한 걸 목격하고 마음의 짐을 지기는 싫었다. 마음에 진
짐은 지금으로도 충분하다. 하지만 되돌아갈 수는 없다. 잠시
생각에 잠겨 있는 사이, 하빈이가 몸을 틀어 방향을 바꾸는 것
이 보였다. 선주도 얼른 모퉁이를 꺾어 들어갔다. 가을 햇살이
따가웠다. 선주는 가벼운 현기증을 느꼈다.

'내 앞에 다른 세상이 펼쳐지면 좋겠어. 완전히 새로운 삶이
시작된다면 얼마나 좋을까?'

선주는 갑자기 간절한 마음이 되었다. 하빈이의 이상한 이야기를 너무 많이 듣다 보니 자기도 이상해진 건가 싶었다. 선주도 모퉁이를 돌았다. 그러나 다른 세상 따위는 나타나지 않았다. 분주한 전철역 번화가가 펼쳐져 있을 뿐이었다. 선주는 주위를 둘러보았다. 높은 건물의 지하 문구점으로 내려가는 하빈이의 뒷모습이 보였다. 선주는 재빨리 그 뒤를 쫓았다.

하빈이는 들어가자마자 노트를 진열해 놓은 칸으로 뚜벅뚜벅 걸어갔다. 선주는 필기구가 모여 있는 곳에 서서 진열대 너머로 하빈이를 유심히 관찰했다. 하빈이는 완전히 몰입해서 일기장을 하나씩 꼼꼼히 살폈다. 하지만 특별한 일은 일어나지 않았다. 형사라도 된 것처럼 긴장했던 선주는 김이 샜다. 지루했다.

'미행이고 뭐고 그냥 갈까? 별거 아닌 것 같은데.'

그 때였다.

"이거야."

하빈이의 만족스러운 탄성이 작게 들렸다. 선주는 슬쩍 고개를 들어 하빈이가 있는 쪽을 보았다. 천사가 그려진 귀여우면서도 유치한 일기장이 하빈이 손에 들려 있었다. 어디서나 볼 수 있는 그저 그런 물건이었다.

그런데 갑자기 하빈이가 맞은편 진열대 끝에 자기들끼리 조잘거리며 서 있는 세 명의 여자애들을 바라보는 것이 보였다. 근처 중학교 교복을 입은 애들이었다. 하빈이는 붙박인 듯이 서서 그 여자애들을 뚫어져라 바라보고 있었다. 뒤에서 훔쳐보는 선주가 다 민망할 정도였다. 제법 먼 거리여서 여자애들이 하는 말을 알아들을 수는 없었다. 그런데도 하빈이는 그 애들을 빤히 쳐다보는 것을 그만두지 않았다. 결국 여자애들은 하빈이의 시선을 의식하고 기분 나쁘다는 얼굴로 하빈이의 눈에 띄지 않는 뒤쪽 진열대로 돌아 들어갔다. 여자애들을 따라 시선을 옮기던 하빈이는 아무 일도 없었다는 듯 다시 물건 고르기에 열중했다.

잠시 후 여자애들이 진열대 앞에 서 있는 하빈이를 지나 입구로 나가려고 할 때였다. 하빈이가 그 중 한 여자애의 팔목을 잡더니 조그만 소리로 물었다.

"너희들, 가방 안에 뭐 숨겼지? 이건 산에서 도토리를 줍는 거랑은 다르잖아."

"네?"

하빈이의 갑작스러운 질문에 여자아이 하나가 깜짝 놀라 되물었다. 선주도 깜짝 놀랐다. 같이 있던 선주는 전혀 모르는 일을 하빈이는 어떻게 아는 걸까? 정말 저 여자애 가방에 뭔가 들어 있기는 한 걸까?

"얼른 가방 안에서 꺼내. 그 필통 말이야. 강아지 모양 그 필통."

"무슨 소리예요?"

"얼른 꺼내. 그 가방 안에 있잖아."

선주는 숨을 죽였다. 잠시 하빈이의 눈을 응시하던 여자아이가 순순히 가방을 열어 필통을 꺼냈다. 하빈이는 필통을 여자아이 손에서 빼앗듯 낚아채더니 이렇게 말했다.

"친구 생일 선물 하려고 그런 거지? 너희들 마음이 코스모스처럼 예쁘긴 하지만, 모든 행동은 결과를 가져온다는 걸 잊지 마. 너희들은 아직 봄이니까 열매가 있을 턱이 없지. 이건 내가 사 줄게."

하빈이는 필통과 자기가 고른 수첩을 들고 계산대로 가서 값을 치렀다. 그러고는 필통을 여자애들에게 건네주었다.

"고, 고맙습니다."

다른 여자애 하나가 얼떨떨한 표정으로 필통을 받아 들었다.

"고맙긴 뭘. 벌은 보통 충매화로 날아가지만 때로는 풍매화에 가기도 하거든. 가끔 임무가 아닌 일을 한다고 규율에 어긋나는 건 아니니까."

"네?"

"이만 갈게. 생일 파티 잘해!"

말을 마친 하빈이는 날아가듯 지하 문구점을 빠져나갔다. 여전히 멍한 표정으로 서 있던 여자아이가 중얼거렸다.

"저 언니 뭐야? 어떻게 우리 일을 다 알아?"

선주는 잠시 넋이 나갔다. 자기가 하빈이 뒤를 쫓고 있었다는 것을 깨닫고 곧 지하 문구점을 나가 주변을 살폈다. 그러나 하빈이는 이미 사라지고 없었다.

그 날 밤, 침대에 누웠던 선주는 갑자기 벌떡 일어났다. 반짝이는 시계 불빛이 새벽 한 시를 가리키고 있었다. 선주는 어둠 속에서 책상 위 작은 스탠드를 켜고 의자에 앉았다. 책상 위가 무대처럼 동그랗게 밝아졌다. 선주는 연필꽂이 밑바닥에 붙여 둔 열쇠를 떼어 내 책상 서랍의 열쇠 구멍에 넣고 돌렸다. 두 번째 서랍을 끝까지 열고 제일 안쪽의 수첩 몇 개를 들추니 맨 밑바닥에 흰 봉투가 있다. 선주는 조심스레 봉투를 꺼내 책상 위에 올려놓고 한참 바라보았다.

선주의 마음속에 풀리지 않은 수수께끼들이 꼬리에 꼬리를 물고 찾아왔다.

태정이가 자살 소동을 벌이려는 진짜 이유는 무얼까? 하빈이는 정말 천사일까? 아니다. 평범한 여고생에 불과한 하빈이가 천사일 리 없다. 우리보다 두 살이 많은 건 무슨 사연이 있을 거다. 좀 이상한 소리를 하고 다니지만, 원래 고등학교라는 데가 사람 이상하게 만드는 곳 아닌가. 그 모든 것이 하빈이가 좀 남다르다는 걸 보여 줄 수 있을지는 몰라도 천사라는 증거는 아니다.

하지만 오늘 오후에 지하 문구점에서 일어난 일은 놀라웠다. 하빈이는 어떻게 그 애들이 물건을 훔칠 거라는 걸 알고 있었을까? 그 애들이 물건을 훔치리라는 걸 알게 한 그 방법으로 선주네들의 자살 소동 계획도 알게 된 것이 분명하다. 그건 뭘까? 비범한 능력? 일종의 예지력인가? 뭔가 수상하다. 앞날을 내다보는 능력이 있다면, 현재와 과거와 미래를 한눈에 알고 있다면, 그래서 그 능력으로 선과 악을 판단할 수 있다면, 그게 천사 아닌가? 선주는 화가 났다.

'그럴 리 없어. 천사가 있다면 신이 있다는 건데, 신이 있다면 불행을 막아 줘야 하는 거 아니야? 불행은 이미 일어났어! 내가 슬퍼할 때 신은 어디 있었지? 죽을 운명인 사람은 죽을 뿐이야. 설사 그게 자살이라고 해도 마찬가지야. 자살하는 사람들은 그렇게 죽을 운명을 타고난 거야. 하빈이는 천사일 리가 없어. 태정이 유서를 읽어 볼까? 그리고 하빈이가 그 내용을 알고 있는지 떠보는 거야. 진짜 천사라면 그쯤이야 식은 죽 먹기 아니겠어?'

마음은 먹었지만 막상 태정이의 유서를 열자니 손이 움직이지 않았다. 그건 선주가 절대 열어 보지 않고 그냥 갖고 있다가, 사건이 일어나고 태정이 아버지를 모셔 온 뒤 태정이 옆에서 발견됐다며 전해 주기로 되어 있는 것이다. 선주는 약속을 어기는 건 옳지 않다고 생각했다. 하지만 하빈이가 진짜 천사라서 모든 걸 알고 있다면 어차피 이 계획의 실행은 불가능한 것이다. 선주는 마음이 복잡했다.

하지만 선주는 스스로도 알고 있었다. 자기가 태정이의 유서 봉투를 열려는 진짜 이유를. 선주는 태정이가 왜 자살 소동을 벌이려고 하는지 그걸 알고 싶은 거였다.

선주는 연필꽂이에서 칼을 꺼냈다. 엄지손가락으로 칼날을 밀어 올리자 드르륵 소리가 났다. 몸에서 양심이 빠져나가는 소리. 선주는 안에 든 유서가 상하지 않도록 조심스럽게 봉투 끝 부분을 잘라 냈다.

연한 분홍빛 편지지는 네 귀가 딱 맞게 단정히 접혀 있었다. 덜렁거리는 태정이와 어울리지 않는다. 선주는 맨손을 몇 번이나 잠옷에 문질러 닦고는 종이를 펼쳤다. 글씨가 자를 대고 쓴 것처럼 깔끔했다.

아빠!

저 태정이예요.

왜 이렇게 된 건지는 잘 모르겠어요. 하지만 모든 것의 시작이 낙타 때문이었다면 아빠는 믿을까요?

여기까지 읽고도 설마…… 정말 하나도 기억나지 않는 건 아니겠죠?

난 아빠가 들려주는 이야기들이 참 좋았어요. 아빠는 참 좋은 아빠였어요. 우리를 떠나기 전까지는요. 그리고 우리 둘 사이의 약속을 기억하는 동안에는요.

아빠가 약속을 지킬 기회를 드리고 싶었지만, 이젠 너무 늦었어요.

태정 드림

유서라기에는 너무 간단하고 비밀스러웠다. 선주는 유서를 몇 번이고 거듭 읽었다. 낙타 때문이라니 도대체 무슨 뜻일까?
아무리 생각해도 낙타가 자살의 이유는 되지 못할 것 같았다.
그래도 이런 편지를 받는 아빠라면, 그 약속이 뭔지는 몰라도
지키려고 하지 않을까?

선주는 유서를 접어서 원래 봉투와 똑같은 흰 봉투에 넣고
입구를 봉했다.

'하빈이가 진짜 천사라서 앞일을 볼 수 있다면 태정이 유서
내용을 알겠지. 내일이 목요일이니 시험해 봐야겠어.'

선주는 봉투를 다시 서랍 안에 넣고 서랍을 잠근 뒤 잠자리
에 들었다. 이불을 덮으며 선주는 잠시 생각했다. 하빈이를 시
험하려고 하는 게 하빈이가 진짜 천사이기를 바라는 마음 때
문은 아닐까, 라고. 선주는 머리를 흔들어 생각을 밀어내고 잠
을 청했다.

미모사처럼

선주는 사이프러스의 회색 철문 앞에 섰다. 새벽에 태정이의 유서를 읽어서인지 마음이 무거워 쉽사리 문을 열 수 없었다. 그냥 돌아가 버리고도 싶다. 하지만 궁금하다. 문 저편의 낯선 옥상에서 오고 갈, 현실과 상관없는 이야기들이. 선주는 문을 열었다. 금방이라도 비를 뿌릴 듯 어두운 가을 하늘이 선주를 맞았다. 선주는 나란히 놓인 화분들을 따라 천천히 걸었다.

'이건 주전자잖아?'

선주는 주황색 꽃을 피운 화초가 찌그러진 주전자에 심겨 있는 것을 보고 그 앞에 쪼그리고 앉았다. 그러고 보니 주전자 옆의 화분은 깨진 양동이다. 그 옆은 커다란 김치통이다.

"한련화라는 꽃이야. 예쁘지? 초여름에 씨앗을 심었더니 이제 꽃을 보여 주는구나."

어느새 다가온 사이프러스 아줌마가 물뿌리개로 화분에 물을 주며 말했다. 예쁘다. 동글동글한 이파리들이 주전자 속 흙에 꽂아 놓은 막대기를 감아 오르고, 그 사이로 다섯 장짜리 꽃잎의 소박한 주황색 꽃 네댓 송이가 활짝 피었다.

선주는 몸을 일으켜 하빈이가 자기 날개라고 부르는 화분에 다가갔다. 처음 하빈이가 들고 왔을 때보다 이파리가 싱싱해지고 줄기도 튼튼해 보였다. 같은 종류의 식물이 나란히 하나 더 있었는데 하빈이 것보다 훨씬 이파리가 무성하고 튼실했다. 그 옆으로는 하빈이가 자신의 나팔이라고 우기는 커다란 화분이 또 하나 있었다. 시원시원하게 생긴 둥근 잎이 가득 매달려 있을 뿐인 나무를 보며 선주는 나팔을 닮은 구석이라고는 한 군데도 없는 이 식물을 보고 왜 나팔이라고 하는지 궁금했다. 식물들을 보고 있는 동안, 선주는 잠깐 무거웠던 마음을 잊었다.

옥탑방 뒤편에서 새롬이와 하빈이 목소리가 들려왔다. 선주는 소리가 나는 쪽으로 발걸음을 옮겼다. 둘은 오래전부터 알아 온 사이처럼 다정하게 이야기를 나누고 있었다. 그 광경을 보니 다시 마음이 꼬였다.

'새롬이 쟤, 우리 계획을 폭로할까 봐 걱정돼서 억지로 오는 거 아니었어?'

선주는 못마땅한 마음을 숨기고 탁자로 다가갔다.

"어? 왔어?"

새롬이는 선주가 온 것에 별로 신경도 쓰지 않는 듯했다. 선주는 새롬이에게 조금 배신감이 들었다. 친하게 지낼 마음도 없으면서 왜 배신감을 느끼는지 알 수 없었다.

"선주야, 하빈이가 그러는데, 모든 영혼은 오랜 수련을 거치면 천사가 될 수 있대. 누구라도 말이야."

새롬이는 무슨 중요한 비밀이라도 되는 양 선주에게 털어놓았다.

'홀딱 빠졌군. 무슨 사이비 종교 집단도 아니고.'

선주는 차갑게 대꾸했다.

"그래서?"

선주의 싸늘한 반응에 하빈이와 새롬이가 입을 다물었다. 선주는 분위기를 어색하게 만든 것이 신경 쓰였지만 그런 얼토당토않은 이야기에 동조하고 싶지 않았다.

마침 태정이도 사이프러스로 들어왔다. 태정이가 들어오면서 관심은 태정이에게 쏠렸다.

"계획은 잘돼 가고 있어?"

하빈이가 태정이에게 가볍게 물었다. 다이어트 계획이나 시험 준비 계획을 묻는 투였다.

"음, 그냥……."

태정이가 시큰둥하게 대답했다.

"당장 내일이라도 죽을 사람 같네."

선주 입에서 냉소적인 말이 흘러나오자, 세 사람의 눈길이 한꺼번에 선주에게 향했다. 하빈이는 선주의 말에 놀라는 새롬이와 불쾌해하는 태정이를 번갈아 보다가 잘 모르겠다는 듯 아리송한 표정으로 눈을 깜박였다. 그리고 삐뚜름하게 고개를 들어 하늘을 보며 중얼거렸다.

　"미모사 같아."

　"뭐?"

　선주가 인상을 찡그리며 물었다. 하빈이는 시선을 하늘에 고정시킨 채로 느릿느릿 말했다.

　"미모사 말이야. 미모사는 브라질이 원산지인 한해살이 관상식물이야. 신경초라고도 하지. 작고 기다란 잎들이 줄기에 나란히 붙어 있는데 누가 그 잎을 건드리면 3초 안에 잎사귀를 다 접어 버리는 민감한 풀이야. 너 꼭 그 미모사 같아. 아니, 가시를 잔뜩 세운, 파리지옥 같기도 해. 파리지옥은 이파리의 잔털을 건드리는 곤충들을 잡아먹어 버려. 식물인데 파리를 잡아먹는다고. 되게 까칠하지 않니?"

　새롬이가 피식 웃었다. 이상하게도, 선주는 화가 나지 않았다. 하빈이가 분명 자신에 대해 안 좋은 이야기를 한 것 같은데 그 이야기가 비난이나 험담처럼 들리지 않았다. 하빈이 말이 사실이기 때문일까? 하지만 화가 나지 않는다고 해서 가만히 있을 수는 없는 노릇이다. 감정만큼이나 중요한 게 자존심이니까.

선주는 담담하게, 하지만 날을 바짝 세워 대꾸했다.

"좋아, 나한테 그런 면이 있는 거 인정해. 그러면 너는? 너는 뭐 말짱한 애니? 쓸데없이 남의 일에나 끼어들고 천사니 뭐니 이상한 소리나 하고 다니잖아. 구슬? 자기 인생은 자기가 선택한 거라고? 자살은 프로그램의 오류? 웃기는 소리 하지 마. 너 친구 없지? 친구가 없으니까 혼자 그런 공상이나 하면서 시간을 보내는 거겠지. 아무리 네 이상한 머리에서 나온 말이라지만 달린 입이라고 아무렇게나 지껄이지 마. 세상을 좀 봐 가면서 말을 하라고. 너 자살하는 사람들이 애네들처럼 같잖은 이유로 장난처럼, 심심한데 어디 한번 죽어 볼까, 이러다가 죽는다고 생각하니? 어쩜 그렇게 한심하니? 자살하는 사람들은 오랫동안 고통을 받아 더 이상 견딜 수 없을 지경에 이르러서야 죽음을 선택하는 거야. 그래, 그건 선택이야. 일어나서는 안 되는 일이 일어났다는 식으로 말하지 마. 수십 가지, 수백 가지 가능성을 모두 따져 봤지만 어떤 길도 남지 않았다는 걸 알았을 때, 그 절망감을 너 따위가 상상이라도 할 수 있겠어? 근데 뭐? 오류라고? 그건 죽은 사람들을 두 번 죽이는 말이야! 만약 그 사람들이 네 말대로 오류를 일으키지 않아서 지금까지 살아 있다면 죽는 것보다는 나은 인생이 기다리고 있다고 확신할 수 있어?"

선주는 가쁘게 숨을 몰아쉬었다. 이런 말까지 하려던 건 아니었는데 어쩌다 보니 마음속 깊은 곳에 있는 묵은 말들이 다

쏟아져 나와 버렸다. 선주는 이제 그만 입을 다물어야 한다고 생각했다. 하지만 달리던 기차가 쉽게 멈추어지지 않는 것처럼 이제는 돌이켜지지 않았다. 선주의 말은 방향을 바꾸어 태정이와 새롬이에게 향했다.

"너희들! 너희들도 마찬가지야! 뭐가 부족한 게 있어서 그딴 소동을 벌이려는 거야? 죽을 만큼 괴로운 게 뭔지나 알아? 알고 힘든 척을 하는 거야? 아무것도 부러울 게 없으면서, 아무것도 아쉬울 게 없으면서, 목숨을 가지고 장난을 치겠다고? 죽으려면 그냥 곱게 죽어. 그렇게 용쓰지 않아도 죽을 일은 쌔고 쌨으니 그냥 가서 죽어 버리라고! 난 빠지겠어. 이 유치한 일에서 손 떼겠다고. 그럼 더 이상 목요일마다 저 이상한 애를 볼 필요도 없겠지. 나 먼저 간다."

선주는 말을 마치고 벌떡 일어나 가 버렸다. 선주가 가 버리자 폭탄이라도 맞은 것처럼 얼얼한 분위기가 되었다.

"와! 쟤 말 진짜 빨리 한다. 봄바람에 벚꽃 떨어지는 것처럼, 후드득, 그렇게 말하네? 쟤, 원래 저러니?"

하빈이가 새롬이에게 물었다.

"몰라. 사실 우리 셋도 아주 친한 사이는 아니거든. 그치만 아무튼 쟤가 한 번에 저렇게 말을 많이 하는 건 처음 봐."

남은 셋이 사이프러스에서 나와 헤어지는 길, 새롬이가 태정이에게 소곤거렸다.

"선주, 정말 우리 계획에서 빠지려는 걸까?"

"모르지. 그래도 아마 진짜 빠지진 않을 거야. 내 디데이가 내일모레라서 이제 와서 빠지면 안 되는데. 오늘은 괜히 연락해 봐야 화만 돋울 것 같고, 내일 저녁에라도 전화해서 달래 봐야지. 어차피 내 유서 선주한테 있거든. 자기도 필요한 게 있어서 여기 끼었을 테니 그렇게 쉽게 그만두지는 않을 거야."

새롬이는 애처로운 표정을 지었다.

"그래, 그래야 할 텐데. 다음 달에 진석 오빠 입대한단 말이야. 그 전에 꼭 복수해야 돼!"

한때는 가졌던 것

"오늘 나하고 같이 의상 빌리러 가기로 한 거, 안 잊어버렸지?"

수업이 끝나자 반장은 태정이 옆에 찰싹 달라붙어 떨어지지 않았다.

"어? 어. 그래 가자."

태정이는 전날 선주의 갑작스런 태도에 신경 쓰느라 반장과의 약속을 잊고 있었다. 취소하고 싶었지만 이제 와서 그럴 수도 없다.

"얼른 가자. 나 오늘 과외 받는 날이야. 일곱 시까지는 집에 들어가야 돼."

태정이는 말없이 반장이 하자는 대로 했다. 복도를 빠져나가며 선주가 있는 5반 창문을 흘끔 들여다보았다. 5반은 아직 종례 중이었다. 가운데쯤 앉은 선주의 꼿꼿한 모습이 보였다. 한 치의 흐트러짐도 없다. 누구의 공격도 방어해 낼 수 있을 것처럼 단단하다.

'오늘은 꼭 선주랑 통화해야 하는데. 만약 얘기가 잘 안 되면 어쩔 수 없이 계획을 연기해야 하는 건가?'

태정이는 선주를 설득해야 한다는 생각을 하자 마음이 답답해졌다. 선주에게서 시선을 떼자 맨 뒷줄에 앉아 있는 하빈이가 눈에 들어왔다.

'하빈이의 정체는 뭘까?'

태정이 머릿속이 복잡하게 엉켰다.

"얼른 와!"

반장이 뒤처진 태정이에게 손짓했다. 그리고 태정이가 다가오기를 기다렸다가 친근하게 팔짱을 끼고 수학여행 이야기를 늘어놓기 시작했다.

"너 2반 애들 뭐 하는지 얘기 들었니? 그 반에 춤 잘 추는 현주가 있어서 좀 걱정이야. 사실 우리 담임, 안 그런 척해도 이런 거 지면 되게 싫어하잖아. 정말 나는 피곤한 반의 반장이 된 거야. 애들은 안 따라 주지, 담임은 은근히 바라는 거 많지……."

반장의 이야기가 계속되었지만 태정이 귀에는 하나도 들어오지 않았다.

내일 오후, 엄마는 늘 그러듯 교회에 갈 것이다. 동생도 학원에 가고 없을 거다. 태정이는 바로 그 때 목을 맬 생각이었다. 동생 희정이 방 문틀에 그네를 매달았던 봉이 있다. 거기에 걸 밧줄이 자기 몸무게를 지탱할 수 있는지도 미리 시험해 보았다. 문제는 타이밍이다. 매달리고 숨이 끊어지는 데 걸리는 짧은 시간, 바로 그 사이에 아빠가 와야 한다. 선주를 통해 아빠가 집으로 오고 있다는 걸 확인하고 나서 목을 매야 한다. 중요한 건 시각적 효과니까. 그 장면을 본다면 아빠는 호주행을 포기할까? 아니, 태정이가 바라는 건 그런 게 아니다. 아빠의 새 출발을 막을 생각은 없다. 하지만 아빠를 그냥 가게 할 수는 없다. 다만 그것뿐이다.

　"그래서 말인데, 우리 반은 2반처럼 그런 식으로 해서는 시선을 못 끌 것 같아. 우리 반에는 특별한 장기를 가진 애도 없으니 단체로 나가서라도 확실히 뭔가 보여 줘야 한다구. 안 그래, 태정아?"

　태정이의 복잡한 마음을 모르는 반장은 계속 떠들어 댔다. 둘은 교문을 지나 큰길로 향하는 내리막길로 접어들었다. 태정이는 문득 고개를 돌려 교문과 운동장 그리고 그 너머의 학교 건물을 한 번 바라보았다. 만에 하나라도 내일 일이 잘못된다면 지금 이 광경이 자신이 볼 마지막 학교 풍경이 될 수도 있다.

　'아니야. 잘못될 것 없어. 이건 그냥 좀 심한 장난일 뿐이야.

오늘 저녁에 선주랑 통화해야지. 분명히 도와줄 거야. 그래야 자기도 우리 도움을 받을 테니까.'

태정이와 반장은 삼거리 왼쪽 골목을 지나 정육점 앞 횡단보도에 섰다. 오른쪽 골목은 전철역으로 가는 길이라 붐비지만 왼쪽 골목은 주택가로 올라가는 길이라 한산하다. 태정이와 반장은 황단보도를 건너 맞은편에서 오는 버스를 타고 시내까지 나가기로 했다.

'근데 만약에 선주가 죽어도 안 하겠다고 하면 누구한테 부탁하지? 새롬이에게 해야 하나?'

"뭐 해? 안 오고."

반장이 소리쳤다. 태정이는 혼자 생각에 빠져 있느라 그새 신호등이 초록색으로 바뀌고 반장이 횡단보도 한가운데까지 나아간 것도 모르고 있었다.

"어?"

"빨리 와. 저기 우리가 탈 버스 온다!"

반장은 반대편 인도를 향해 뛰었다. 멀리서 버스가 다가오는 것이 보였다. 태정이는 차도로 발을 내디뎠다. 그리고 무심하게 탁탁탁 뛰었다. 분명한 계획을 갖고 있는 사람답게 발걸음에 힘이 있었다.

'선주는 분명히 도와줄 거야. 계획은 성공할 거고, 아빠는 약속을 지킬 거야.'

길 건너에서 반장의 외침이 태정이의 머릿속을 뚫고 들어

왔다.

"태정아! 조심해!"

태정이가 반장의 표정과 목소리에서 위험을 채 감지하기도 전, 골목길에서 우회전해 나오던 트럭 한 대가 태정이 쪽으로 곧장 달려왔다.

쿵!

트럭 범퍼가 태정이에게 와 부딪쳤다. 태정이 몸이 튕겨 날아갔다.

태정이는 자신이 배구공 같다고 생각했다. 누가 자신을 높이 들어 올려 날려 보내는 것 같았다. 그러나 중력의 영향을 받는 모든 물체들이 그러하듯 잠시 후 태정이는 바닥으로 떨어졌다.

'유서를 미리 써 두어서 다행이야.'

의식을 잃기 전에 마지막으로 떠오른 생각이었다.

태정이의 의식은 점점 희미해지더니, 이윽고 멀고 아득한 곳으로 빨려 들어갔다.

"아악!"

반장이 소리를 질렀다. 놀란 트럭 운전사가 차에서 내리고 지나가던 아이들이 몰려들었다. 반장은 태정이에게 달려와 거칠게 소리를 질렀다.

"태정아! 태정아! 눈 좀 떠 봐! 누가 좀 도와주세요! 119에, 얼른 119에 전화 좀 해 주세요!"

"선주야! 선주야!"

복도 끝에서 요란하게 자기 이름을 부르는 소리에 선주는 뒤를 돌아봤다. 새롬이였다. 선주는 순간 멈칫했다. 일단 같이 가던 반 친구들을 먼저 보냈다. 화를 내며 자리를 피했던 어제 일이 떠올라 마음이 불편했다. 내일이 태정이의 디데이라는 것도 신경 쓰였다. 그런데 새롬이는 그냥 다급해 보일 뿐이었다.

"선주야! 태정이가, 태정이가!"

"태정이가 뭐?"

선주는 아무렇지도 않게 물었다.

"태정이가! 차에 치였어!"

선주는 순간 자신을 다시 계획에 끌어들이기 위해 둘이 짜고 장난을 치는 게 아닌가 하는 의심이 들었다. 하지만 새롬이는 눈물이 그렁그렁해서 절망적인 표정을 하고 있었다.

"야, 3반 윤태정이 삼거리 횡단보도에서 차에 치였대!"

계단 아래에서도 놀란 누군가의 목소리가 들려왔다.

"어떡해? 어떡해, 선주야!"

선주는 머리가 멍했다. 숨이 턱 막혔다. 심장이 빠르게 뛰기 시작하더니 곧 머릿속이 갈갈이 찢어지는 것처럼 아파 왔다.

'죽으려면 그냥 곱게 죽어. 그렇게 용쓰지 않아도 죽을 일은 쌔고 쌨으니 그냥 가서 죽어 버리라고!'

어제 오후, 태정이에게 한 마지막 말이 비수가 되어 돌아와 선주 가슴에 박혔다.

선주 입에서 자기도 모르게 탄식이 흘러나왔다.

"아…… 어쩌면 좋아."

선주와 새롬이는 아이들이 사고가 난 장소라고 일러 준 삼거리 횡단보도를 향해 말없이 뛰었다. 선주 눈에서 결국 눈물이 흘러내렸다. 갖가지 생각이 머릿속을 가득 채웠다.

'죽음이 이렇게 가까이 있었는데. 이렇게 쉽게, 아무렇지도 않게, 이런 일이 일어날 수도 있었는데. 아! 어떡해! 혹시 태정이가 일부러? 만약 그렇다면 나 때문에? 내가 도와주지 않을까 봐? 그래서 일부러 그런 거야? 왜 나한테는 항상 이런 일이 일어나는 거지? 난 저주 받은 거야. 분명해.'

선주 머릿속은 고장난 자명종 시계 몇 개가 한꺼번에 울려대는 것처럼 어수선했다.

태정이가 쓰러졌던 골목은 평소처럼 조용했다. 사고 흔적은 어디에도 보이지 않았다. 선주와 새롬이는 망연자실했다.

"새롬아, 여기가 맞아?"

선주가 답답하다는 듯 새롬이에게 물었다.

"응, 맞아. 여기 횡단보도라고 했어. 아! 선주야, 저기! 저기 좀 봐!"

선주는 새롬이가 손으로 가리키는 곳을 보았다. 횡단보도의 흰 페인트 위에 검붉은 핏자국이 흘러 있었다. 미처 다 마르지 않은 핏자국은 포도 주스 같았다. 선주는 제 팔뚝에 칼을 긋는 것 같은 아릿한 고통을 느꼈다.

"너희들 왔구나."

목소리의 주인공은 놀랍게도 하빈이였다.

"좀 전에 구급차가 와서 한빛병원으로 싣고 갔어. 너희들이 올 것 같아 여기서 기다리고 있었어."

"일부러 뛰어든 거야?"

선주는 울먹거리며 하빈이에게 물었다.

"아니야. 그건 아닐 거야."

하빈이는 참담한 표정으로 대답했다.

"너 천사라며! 그럼 태정이를 구했어야지!"

새롬이가 말도 안 되는 소리를 했다. 하지만 하빈이는 아무 말도 하지 않았다. 그리고 자신 없는 목소리로 땅을 보며 혼자 중얼거렸다.

"그럴 순 없어. 익지 않은 열매는 땅에 떨어지지 않아. 여름도 되기 전에 겨울이 찾아오는 법은 없어. 이건 뭔가 잘못된 거야."

내일 학교에 가면 소식을 들을 수 있을 테니 일단 집으로 돌아가자는 새롬이의 말을 선주는 듣지 않았다.

"만약 태정이가 일부러 차에 뛰어든 거면 어떻게 해? 내가 도와주지 않을까 봐. 아, 나는 왜 항상 이렇게 눈치가 없지? 왜 항상 일이 일어난 뒤에야 모든 걸 알게 되는 거냐구!"

선주는 혼란스러웠다. 온 마음이 덜그덕거렸다. 눈물을 찔

금거리던 새롬이가 오히려 냉정을 되찾았다.

"아니야. 어제 태정이가 분명히 너한테 전화한다고 했어. 전화해서 너한테 자기를 돕도록 꼭 설득할 거라고 했어. 태정이는 네가 분명히 자기를 도와줄 거라고 믿고 있었어. 오늘 일부러 그럴 이유가 없어. 이건 그냥 사고야."

선주는 더욱 감정적이 되어서 폭발할 듯 말했다.

"아니! 결국 나 때문이야. 내가 어제 사이프러스에서 그런 말을 해서, 내가 한 말 때문이야. 너희들도 알잖아. 내가 어제 태정이한테……."

선주는 더 이상 말을 잇지 못했지만 하빈이도 새롬이도 선주가 한 마지막 말을 똑똑히 기억하고 있었다.

'죽으려면 곱게 죽어.'

하빈이가 선주에게 다가와 불쑥 손을 잡고 말했다.

"우리 다 같이 병원에 가 보자. 꽃이 지고 나서 열매를 맺는 거잖아. 순서가 바뀐 적은 없어. 날 믿어. 태정이는 아직 죽을 때가 안 됐어."

병실 복도에서 셋을 맞은 건 손톱을 잘근잘근 깨물고 있는, 작고 연약해 보이는 태정이 엄마였다. 태정이는 크게 다치진 않았지만 머리에 충격을 입었는지 반 혼수상태라고 했다. 하루 이틀이면 의식이 돌아올 거라는 말을 듣고도 선주에게는 혼수상태라는 단어만 신문의 표제처럼 선명하게 머릿속에 남왔다. 안절부절못하며 복도를 오가던 태정이 엄마는 친구들까지 병원에 있다고 해서 달라질 건 없으니 태정이가 정신이 들면 연락해 주겠다며 그만 집으로 돌아가라고 했다.

선주, 새롬이, 하빈이는 중환자실 창문 너머로 기계와 호스를 잔뜩 달고 죽은 듯이 누워 있는 태정이를 한참 바라보았다. 그리고 출구 쪽으로 걸어가 병원 건물을 빠져나갔다. 아무도 입을 열지 않았다. 서서히 저물기 시작한 햇살이 괜찮다는 듯, 셋을 위로해 주는 것 같았다.

하빈이는 창백했고 새롬이는 지쳐 보였다. 선주는 말없이 걸었다. 선주는 하루 동안에 인생의 비밀을 너무 많이 알아 버린 기분이었다. 일부러 찾아다니지 않아도 제 발로 찾아오는 불행.

병원 정문을 나서려고 할 때, 선주는 쓸쓸한 기분에 발길이 떨어지지 않아 멈추어 섰다.

"왜?"

새롬이가 묻자, 선주는 잠시 뜸을 들이다가 대답했다.

"먼저 가. 나는 좀 있다가 갈게."

새롬이와 하빈이는 아무것도 묻지 않았다. 선주는 잠시 혼자 있고 싶었다. 태정이와 멀리 떨어지지 않는 곳에서 기도라도 하고 싶은 기분이었다. 선주는 병원 건물 앞 작은 공원을 천천히 걷다가 커피 자판기 앞 벤치에 앉았다. 벤치 옆에 핀 낯익은 주황색 꽃이 눈에 들어왔다.

'아, 한련화.'

어제 사이프러스에서 주인아줌마가 말해 준 이름이 떠올랐다. 티격태격하긴 했지만 어제가 그리웠다. 그리고 태정이에게 심하게 말했던 것이 또다시 아프게 후회됐다.

"저기, 혹시……."

그 때였다. 생각에 잠겨 있는 선주에게 누가 말을 걸었다. 중년 남자였다.

"네?"

선주는 자기에게 말을 거는 아저씨를 올려다보았다. 한 번도 본 적 없는 사람인데 이상하게도 익숙한 느낌이었다.

"혹시 학생, 태정이 친구, 맞나?"

"네? 네. 맞는데요. 누구세요?"

놀란 선주가 엉겁결에 되물었지만, 아저씨가 태정이 친구냐고 묻는 순간 선주는 알 것 같았다. 눈앞의 아저씨는 태정이 아버지였다. 윤곽이 뚜렷한 얼굴선, 살짝 처진 눈초리, 열정을 간직한 듯한 붉은 입술까지. 얼굴 전체에서 태정이와 비슷한 분위기가 풍겼다. 근데 내가 태정이 친구인 걸 어떻게 알았을까?

"아까, 학생이 태정이 병실에서 나오는 걸 봤거든."

그랬구나, 선주는 고개를 끄덕였다. 아저씨는 선주 옆자리에 앉았다. 아저씨의 슬픔과 고통의 느낌이 그대로 선주에게 전해져 왔다. 슬픔이 그 몸을 다 채우고 있는 것 같았다. 쉽사리 걷힐 것 같지 않은 커다란 슬픔.

'우리 아빠랑 엄마도 그 때 저런 표정이었을까?'

선주는 문득 떠오르는 몇 년 전 어느 날의 기억을 머릿속에서 지우려고 애썼다. 그리고 생각했다. 계획대로였다면, 그러니까 태정이에게 사고가 나지 않고 선주가 태정이를 도왔다면, 내일 오후 선주는 급한 목소리를 가장하며 이 아저씨에게 전화를 걸었을 것이다. 그리고 태정이가 쓰고 선주가 훔쳐본 그 가짜 유서를 건넸을지도 모를 일이다. 이제는 영영 그 기회를 잃게 되는 걸까? 만약 태정이가, 만에 하나라도 태정이가 잘못되기라도 하면? 그 때 가서 그 유서가 진짜 유서가 된다면? 그 땐 그걸 전해야 하는 책임이 자신에게 있는 건 아닌지 선주는 스스로에게 물어보았다.

태정이 아버지는 불쑥 일어나 자판기에서 캔 음료를 하나 뽑아 선주에게 내밀었다. 그러고는 다시 벤치에 앉았다. 두 사람은 잠시 불편한 침묵을 사이에 두고 음료수를 홀짝거렸다.

먼저 입을 연 사람은 태정이 아버지였다.

"사실 아빠라지만 내가 태정이를 오랫동안 못 만나서…….
이런 일이 생길 수 있다는 걸 생각한 적도 없었구나. 내가 좀더 신경을 써야 했는데……."

애달프게 딸을 걱정하는 태정이 아버지를 보자 선주의 마음에 삐죽삐죽 모가 났다. 다친 자식을 앞에 두고 슬퍼하는 부모의 모습이 낯설었다. 그 낯섦 때문에 선주는 뼛속까지 외로운 느낌이 들었다. 하지만 담담하게 말했다.

"아저씨 잘못이 아니잖아요."

태정이 아버지는 감정을 추스르려는 듯 심호흡을 한 번 하고 말을 이었다.

"학생도 많이 놀랐겠구나."

그 순간, 생각지도 않았던 말이 튀어나왔다.

"태정이는 아빠를 좋아했어요."

선주의 갑작스런 말에 태정이 아버지는 놀란 눈을 올려 뜨고 선주를 바라보았다.

"태정이랑 아주 친한 건 아니지만, 태정이가 가끔 아빠 이야기를 했어요. 요새는 자주 못 만나지만 어렸을 때 아빠와 함께 지냈던 시간이 정말 행복했다고 그랬어요."

선주 입에서 말이 술술 흘러나왔다. 사실 태정이에게서 그런 이야기를 들은 적은 없다. 하지만 가짜 유서의 내용과 한없이 따뜻해 보이는 이 아저씨에게서 흘러나오는 걱정과 슬픔의 분위기로 미루어 많은 것을 짐작할 수 있었다.

한때는 가졌던 것, 하지만 더 이상 가질 수 없는 것. 지독하게 그리운 것, 되찾아올 수 없는데도 자꾸만 갈증을 느끼게 하는 사랑. 태정이는 그 시절의 기억을 박제라도 해서 간직하고 싶었던 건지 모른다. 태정이는 그 커다란 품을 향해 마지막 어리광을 부려 보고 싶었던 걸까? 선주는 태정이가 부러웠다. 적어도 태정이는 한때 그런 사랑을 받았고, 그걸 돌려받고 싶은 거니까. 선주는 생각했다. 자신에게는 되찾아오고 싶은 게 애당초 없다고.

선주가 말을 이었다.

"태정이는 가끔 낙타 이야기를 했어요. 어렸을 때 아빠가 해준 이야기들이 좋았대요. 아주 어렸을 때 아빠랑 한 약속들도 모두 기억하고 있다고 했어요."

선주는 태정이가 쓴 유서의 내용을 듣는 사람이 이상하게 생각하지 않도록 순식간에 나름대로 정리했다. 중요한 건 어떻게 해서든 진실을 아는 것 아닌가. 자연스럽게 이야기를 잘한 것 같아 선주는 만족스러웠다. 어쨌든 이로써 태정이에게 진 빚은 갚은 셈이라 생각하며 태정이 아버지 쪽으로 고개를 돌렸다.

"어머! 아저씨 왜 그러세요?"

태정이 아버지는 당장이라도 눈물을 쏟을 것처럼 머리카락을 쥐어뜯고 있었다. 선주는 그 날, 태정이와 낙타와 약속에 얽힌 긴 이야기를 듣게 되었다.

선주는 집으로 돌아오며 태정이 아버지가 들려준 이야기를 곱씹었다.

태정이가 태어났을 때 태정이 아버지는 한국에 없었다. 해외 지사로 발령을 받아 중동 지역에 나가 있었다고 했다. 태정이 아버지가 한국으로 돌아왔을 때, 태정이는 막 말을 배우고 있었다. 태정이 아버지는 첫딸을 무척 사랑했다. 말을 빨리 배운 태정이는 아빠에게 "내가 태어났을 때, 아빠는 어디 있었어?"라고 물었다. 태정이 아버지는 태정이가 어려서 이해하지 못할 거라고 여겨 그냥 "저기, 아주 멀리."라고만 대답했고, 그 대답이 모호해서인지 '저기, 아주 멀리'에 대한 태정이의 호기심은 날로 커졌다.

시간이 지남에 따라 태정이는 자기가 태어났을 때 아빠가 있던 바로 그 곳을 더 구체적으로 알고 싶어 했다. 태정이 아버지는 백과사전을 꺼내 이집트의 사막 사진을 보여 주었다. 사막, 피라미드, 낙타를 타고 가는 여행객이 있는 한 장의 사진. 정확하게 말하면 태정이 아버지가 그 때 이집트에 있었던 건 아니지만, 그저 딸이 상상하는 모호한 세계에 숨 쉬는 구체성, 손에 잡힐 듯한 현실성을 불어넣어 주고 싶었던 것이다. 태정이는 그 사진을 무척이나 좋아했다. 글자를 깨치기 시작하자 백과사전의 그 페이지를 혼자 더듬더듬 읽어 내려가기도 했다.

거긴 더워? 아빠는 낙타 타 봤어? 거긴 하루 종일 해가 떠 있어? 여기서 버스 타고 얼마나 가야 돼? 나도 아빠랑 낙타 타러 여기 가면 안 돼?

태정이의 질문은 끝없이 이어졌다. 태정이 아버지는 자신을 바라보는 딸의 초롱초롱한 눈망울이 정말 사랑스러웠다. 그래, 가자. 아빠랑 태정이랑 낙타 타러 사막에 가자. 태정이 아버지는 자신이 그렇게 말한 것을 분명히 기억하고 있었다. 시간이 흐르면서 그 약속은 태정이에게는 단단한 증표가 되었고, 아버지에게는 부드러운 무기가 되기도 했을 것이다. 우는 아이를 달래기 위해 필요한 달콤한 사탕처럼, 아빠 말 안 들으면 낙타 타러 못 가지, 라고만 하면 태정이는 울음을 그쳤을 것이다.

하지만 영리한 아이라면 누구나 그러듯 태정이도 약속을 좀 더 현실적으로 만들고 싶어 했다. 결국 아빠가 마지막으로 그 약속에 대해 이야기했다고 기억하는 초등학교 3학년 무렵에는 열여덟 살 생일이 되면 아빠와 함께 이집트로 낙타 여행을 떠나자는 약속을 받아 냈다. 그 땐 태정이 아빠 엄마가 이미 이혼한 상태여서 아빠는 한 달에 한 번 정도 태정이를 만나러 왔을 뿐이다. 시간이 흘러 태정이 아버지는 그 약속을 잊어버렸어도 태정이는 기억하고 있었던 것이다. 열여덟 살 생일을 지난 오늘, 사고가 나기 직전까지도.

'그런 게 다 무슨 의미가 있는 거지?'

선주는 이해할 수 없었다. 아빠랑 낙타 따위를 타러 가는 게 뭐가 그렇게 중요한 건지 아무리 생각해도 이해할 수가 없었다. 이해할 수 없기 때문에, 이해가 가지 않는 그 너머에 자신이 모르는 어떤 비밀이 있는 것만 같았다.

선주는 그 비밀을 알고 싶어 조바심이 났다. 자신만 모르고 살아온 것, 모두가 간직하고 있는 것처럼 느껴지는 것, 그 모든 것을 향해 선주는 강렬한 시기심이 솟아났다.

잠깐 다녀온 세계

　어디선가 부드러운 바람이 불어왔다. 차에 부딪혀 잠시 동안 붕 떠올랐던 태정이 몸이 바닥에 떨어진 바로 그 때, 전등 스위치가 꺼진 듯 순식간에 세상은 암흑이었다. 그리고 정신이 들었을 때 태정이는 자기가 따듯한 바람에 실려 어디론가 날아가고 있는 것을 깨달았다.

　'아, 난 죽은 걸까? 어디로 가고 있는 거지, 난?'

　희미한 의식 속에서 태정이는 자기가 어떤 상태인지, 어디로 가고 있는지 알아차리려고 노력했다. 먼 곳에서 주기적으로 바람이 불어오고 있었다. 놀이동산의 바이킹이 하늘 끝까지 올라갈 때처럼 바람을 타고 위로, 또 위로 올라가고 있었다. 태정이는 자기 상태를 느껴 보기 위해 정신을 집중했다.

지금 모습이 조금씩 느껴지기 시작했다.

'민들레 홀씨 같아…….'

태정이는 자기가 작고 가벼운 낙하산 모양의 실 같은 것에 매달려 민들레 홀씨처럼 바람을 타고 날아다니는 것을 깨달았다. 육체는 없었다. 다만 하나의 작은 빛이 되어 매달려 있을 뿐이었다. 눈이 없으니 보이는 것은 없었다. 하지만 태정이의 빛은 육체가 지녔던 감각 너머 새로운 감각으로 주변을 의식했다. 순간, 놀라운 광경이 느껴졌다.

'와! 굉장해!'

주변에 수천, 수만, 아니 수십만 개의 영혼들이 함께 날고 있었다. 영혼들은 바람이 불 때마다 바람에 실려 다 같이 높이, 더 높이 날아올랐다.

'저 꼭대기에 뭐가 있기에 저 위로 올라가는 거지?'

태정이는 빨려 올라가는 쪽으로 정신을 모았다. 그 거리를 짐작할 수조차 없이 멀고 높은 하늘에 엄청난 크기의 회오리가 소용돌이치고 있었다. 고르게 퍼져서 바람에 실려 가고 있던 민들레 홀씨 모양의 영혼들은 엄청난 속도로 그 회오리에 빨려 들어가고 있었다. 태정이가 회오리를 관찰하는 동안에도 태정이의 영혼 또한 바람을 타고 춤추듯 높이, 높이 올라가고 있었다. 태정이는 생각했다.

'죽으면 이렇게 영혼만 다른 세계로 가는 건가 봐. 그런데 바람이 따듯해. 너무 편안해. 아무렇지도 않아. 하지만 난 아직 낙타를 타 보지도 못했는데. 난 아직 아빠에게 할 말이 남았는데, 이렇게 끝이 나는 거야? 어? 갑자기 왜 이러지?'

불어오는 바람의 세기와 방향이 바뀌었다. 지금까지의 바람이 화창한 오후에 불어오는 바닷바람 같았다면 이제는 마치 모든 것을 쓸어 버리는 거대한 태풍 같았다. 태정이의 가벼운 영혼도 바람을 따라 심하게 흔들렸다. 태정이는 자신이 벌써 회오리의 입구에 도착한 것을 깨달았다. 순식간에 태정이의 영혼은 회오리바람 속으로 빨려 들어갔다. 빨려 들어가는 순간 영혼이 바람을 탈 수 있게 도와주었던 민들레 홀씨 모양의 낙하산은 사라지고 태정이는 순수하게 작은 빛 덩어리로만 남았다. 태정이는 빙글빙글 돌며 회오리의 더 높은 곳으로 빨려 올라갔다.

회오리 속에는 태정이와 같은 모양의 수많은 빛 덩어리들이 함께 빙글빙글 돌고 있었다. 조금 전까지 민들레 홀씨처럼 바람을 타고 날아다니던 모든 영혼들이 지금은 한데서 엄청난 속도로 돌고 있는 것이었다. 어지럽지는 않았다. 다만 그렇게 돌다가 다른 빛 덩어리들과 결국 하나가 될까 봐 두려웠다. 그러면 더 이상 자신만의 의식으로 이루어진 빛 덩어리라고 할 수 없게 된다. 모든 빛의 일부가 되지만 동시에 아무것도 아닌 것. 그야말로 사라지는 것이다. 격렬한 공포가 찾아왔다. 회전이 계속될수록 옆의 빛 덩어리들과의 경계가 서서히 사라졌다. 커다란 빛 덩어리 안에서 녹아내려 버릴 것만 같았다. 그

속에서 태정이의 공포도 걷잡을 수 없이 회오리쳤다.

그 때, 탕! 하는 소리와 함께 태정이의 영혼이 회오리 밖으로 튕겨 나갔다. 야구선수가 때린 홈런 볼처럼 강력하고 명쾌했다. 더 이상의 회전은 없었다.

뭔가 딱딱한 바닥이 느껴졌다. 떨어진 곳은 커다란 방이었다. 안에는 갖가지 색깔의 구슬이 가득 차 있었다.

태정이는 정신을 집중해 지금 벌어지고 있는 일을 이해하려고 노력했다. 끝이 보이지 않는 거대한 방에 셀 수도 없을 만큼 많은 구슬들이 갖가지 색을 뽐내고 있었다. 한 번도 본 적 없는 황홀한 색깔들이었다. 그 구슬들 위로 작은 빛 덩어리가 된 영혼들이 춤을 추듯 통통거리며 튀어 다니고 있었다.

'구슬이잖아? 이게, 혹시 하빈이가 말한 그 인생구슬?'

구슬들 위의 작은 빛 덩어리들은 하나의 구슬 위에 잠시 멈추었다가 다시 다른 구슬로 옮겨 다니기를 반복하고 있었다.

태정이 바로 앞의 구슬에 빛 덩어리 하나가 다가왔다. 그 빛은 구슬 위에 잠시 멈추었다. 구슬은 영롱한 푸른 빛으로 환하게 빛나더니 곧 어떤 인생의 파노라마를 보여 주기 시작했다. 구슬에 비치는 영상을 태정이도 볼 수 있었다.

영상 속에서 한 여자아이가 태어났다. 그리고 걷기 시작한다. 그런데 이상하다. 걸음마를 떼는 아기 곁에 아빠도 엄마도 없다. 오직 아기의 할머니만이 아이 옆을 지켜 준다. 작은 단칸방, 할머니는 우는 아이를 달래고 먹인다. 굽은 등에 업고 어른다. 함께 잠이 든다. 시간이 지나 구슬 속 아이는 초등학교에 간다. 중학교, 고등학교에 가고 대학교에 들어간다. 그 때까지도 그녀를 지켜 주는 건 할머니뿐이다. 대학을 졸업한 여자는 작은 회사에 취직한다. 여전히 할머니와 둘이 살 뿐이다. 시간이 더 흘러 여자는 한 남자를 만나 결혼을 하고 아기를 가진다. 기쁜 마음으로 할머니에게 임신 소식을 알리지만 아이를 낳기 얼마 전에 할머니는 돌아가신다. 돌아가신 할머니 방에는 할머니가 아기를 위해 손수 만든 작은 배냇저고리가 곱게 개켜져 있다.

거기까지 영상이 진행되었을 때, 그 구슬 속 삶을 경험하고 있던 빛 덩어리가 점점 커져서 구슬을 감쌌다. 빛에 둘러싸인 구슬은 난롯가에 퍼지는 온기처럼 따뜻한 붉은 빛을 점점 크게 내뿜었다. 그 온기를 태정이도 느꼈다. 알 수 있었다. 그 빛이 경험한 것은, 사랑이었다. 모든 불리한 조건에도 불구하고 빛은 사랑을 발견했고, 선택했다. 그 사랑의 기운이 태정이까지 감쌌다. 잠시 후 구슬은 빛에 완전히 흡수되었다. 빛이 구슬이고 구슬이 빛이 된 순간, 그 작은 빛 덩어리는 공중으로 들어올려졌다. 그리고 누군가가 커다란 손으로 집어내기라도 하듯, 순식간에 방 바깥으로 사라졌다.

'하빈이가 한 말이, 사실이란 말이야? 정말 영혼들이 구슬을 선택하고 선택한 삶을 사는 거란 말이야?'

태정이의 의식 속에 하빈이가 말한 문장이 떠올랐다.

'오직 구슬을 선택하는 동안, 그러니까 죽음과 삶의 경계에 서 있는 동안만 자신의 모든 전생을 한꺼번에 기억할 수 있을 뿐이야.'

그 문장이 떠오르자 태정이의 빛에 격렬한 진동이 찾아왔다. 빛 자체가 산산이 부서질 것 같은 강한 진동이었다. 태정이는 두려웠다.

'왜 이러지? 왜 이러는 거지?'

진동이 태정이를 계속 뒤흔들었다. 그 흔들림은 태정이의 작은 빛 덩어리 중심에서 어떤 균열을 만들어 냈다. 그리고 그 균열 사이로 이야기들이 영상이 되어 새어 나왔다. 태정이가 선택했던 모든 인생의 드라마들이었다. 태정이는 모든 이야기들을 하나하나 자세히 느끼고 싶었지만, 너무나 빨리 지나갔다. 꼭 빨리감기로 영화를 보는 것 같았다. 그 중에서 어떤 익숙한 영상이 의식을 스쳐 갔다는 것을 알았다. 통증이 솟아올랐다. 태정이가 정신을 집중하자, 조금 전 지나갔던 그 영상이 다시 의식 안으로 들어왔다.

'아! 아빠!'

아빠는 어린 태정이를 안고 있었다. 목말을 태우고, 손을 잡아 빙글빙글 돌리고, 무릎에 앉혀 놓고 책을 읽어 주고 있었다. 그 모든 사건이 시간의 흐름과 상관없이 하나의 덩어리가 되어 태정이의 영혼을 감쌌다.

그건 그냥 사랑이었다. 태정이는 그 사랑을 느꼈다. 그저 그

걸로 충분한 사랑. 태정이가 경험하는 인생 파노라마는 계속되었다. 결국 가족을 떠나는 아빠. 자신에게 떠맡겨진 과중한 책임감. 늘 아무렇지 않은 척, 강한 척 가면을 쓰고 살아가는 자신의 모습. 하지만 아무것도 눈에 들어오지 않았다. 다만 그 짧지만 지극한 사랑, 그것에 도취되어 태정이는 그 삶을 선택했다는 걸 느낄 수 있었다. 그 때였다. 또 다른 영상이 펼쳐졌다. 사막이었다. 태정이와 아빠가 나란히 낙타 위에 올라앉아 있었다.

'아, 나는 언젠가 저 일을 겪게 되어 있는 거야. 아빠랑 사막에 가도록 되어 있는 거야. 아빠가 약속을 지키는 거야! 그러면 난 아직 죽지 않았어. 아니, 죽을 수 없어!'

그 깨달음과 함께 태정이의 영혼은 빛보다 더 빠른 속도로 왔던 길을 거슬러 날기 시작했다. 온 우주의 시계가 거꾸로 돌았다. 태정이는 눈을 번쩍 떴다.

"괜찮니?"

선주가 태정이에게 조심스레 물었다.

"응, 괜찮아."

태정이는 힘없이 고개를 끄덕였다.

사고가 난 지 사흘이 지난 오후였다. 태정이는 이틀 만에 의식을 되찾았다. 선주는 소식을 듣자마자 병원으로 달려왔다. 가족들이 잠시 자리를 비운 사이 선주는 태정이 침대 앞에 의자를 바싹 당겨 놓고 앉았다. 선주는 태정이 눈빛이 전과는 다른 색깔을 지니고 있다고 생각했다.

"너, 내 유서 읽었지?"

태정이가 갑작스럽게 물었다. 선주는 얼굴이 확 달아올랐다. 벌써 태정이 아버지가 태정이에게 무슨 이야기를 한 걸까? 하지만 힐난하는 기색은 아니었다.

"응. 그러려던 건 아닌데……."

"괜찮아. 어차피 나는 사막에 가게 되어 있어."

선주는 태정이의 알쏭달쏭한 말에 대꾸할 말을 찾지 못했다. 태정이가 말을 이었다.

"하빈이 말이 맞는 것 같아."

"그게 무슨 소리야?"

"하빈이가 말한 거 말이야. 인생구슬."

인생구슬. 하빈이가 사이프러스에서 했던 이야기다. 하지만 선주는 입을 열지 않았다.

대답을 기다리던 태정이가 참지 못하고 입을 열었다.

"기억 안 나? 죽은 영혼들이 추첨을 거쳐 다시 인간이 되면 구슬들이 가득한 방으로 들어가게 된다고……."

"그래, 구슬들이 각각의 인생을 담고 있고 영혼들이 자기가 원하는 삶을 선택할 수 있다는, 그 택도 없는 소리?"

입 밖으로 말을 하고 나니 선주는 얼마 전 사이프러스에서 느꼈던 불쾌한 감정이 되살아났다. 인생을 선택한다고? 그게 말이나 될 법한 소리인가? 그건 불행한 사람들을 모욕하고 조롱하는 말일 뿐이다.

"그래, 그 택도 없는 소리."

태정이의 가라앉은 음성을 듣고서야 선주는 태정이가 무슨 말인가를 하려고 했다는 사실이 떠올랐다.

"근데, 그게 뭐?"

"하빈이가 말한 그 구슬로 가득한 방에, 나, 갔었어."

"무슨 소리야?"

"차에 치여 정신을 잃었을 때, 그 곳에 갔어. 내 영혼이 구슬로 가득한 그 방에 간 거야. 하빈이가 죽음과 새로운 삶의 경계에 있을 때 모든 전생을 다 볼 수 있다고 한 말 기억나니? 그거였어. 내가 선택한 삶을 봤어. 죽을 때가 아직 안 됐더라구. 아빠랑 사막에 가는 것도 벌써 정해져 있는 일이야. 나는 내 인생을 다 알고 선택한 거였어."

"너, 미쳤니?"

선주는 말을 해 놓고 제 풀에 놀라 입을 틀어막았다. 교통사고를 당해 머리를 다친 친구에게 할 말은 아니었다. 그렇지만 미치지 않고서야 어떻게 이런 이야기를 이토록 진지하게 할 수 있을까?

"나 안 미쳤어. 말짱하다구. 정말이야, 정말 거기에 갔었어. 내 영혼은 한 줌의 작은 빛이 되어 있었어. 그런 빛이 수천, 수만 개가 모여 함께 빙글빙글 돌아. 그 순간은 너무 무서웠어.

커다란 빛 덩어리가 나를 삼켜 버릴 것만 같았거든. 그러다가 툭, 하고 어딘가로 떨어졌어. 하빈이 말대로 하자면 2천 년 된 목련 씨앗이 싹을 틔울 확률로 당첨이 된 거지. 바로 거기에 인생구슬이……."

"그만해. 말도 안 되는 소리야!"

선주가 소리쳤다. 듣고 있자니 화가 났다. 태정이가 놀라서 입을 다물었다.

"너 다 지어낸 얘기지?"

선주가 다시 물었다.

"내가 왜 그런 얘기를 지어내겠니? 그래서 내가 얻을 게 뭐가 있다고……."

맞다. 태정이가 그런 이야기를 지어낼 이유가 없다. 선주는 생각에 잠겼다. 태정이는 선주의 침묵에 초조해졌다.

"너, 내 말 못 믿어? 내가 언제 너한테 거짓말한 적 있니?"

"내 생각엔 말이지……."

말머리를 꺼내 놓고 선주는 잠시 뜸을 들였다.

"내 생각에는…… 그건 꿈이었을 거야. 넌 혼수상태였잖아. 그러니까 깊이 잠든 거고, 깊이 잠들었으니까 평소와는 다른 생생한 꿈을 꿀 수도 있어. 그리고 그 꿈을 진짜라고 믿을 수도 있겠지. 하빈이 이야기가 너무 인상적이어서 그게 마음에 남아 있었고 또 아빠랑 사막에 가고 싶은 마음도 너무 간절했던 거야. 그 두 가지가 합쳐지면서 네 머릿속에서 하나의 드라마

를 만든 걸 거야. 그래 맞아. 그건 하빈이의 헛소리와 네 소망
이 만들어 낸 드라마야."

말을 마쳤을 때, 선주는 태정이 눈에서 수긍의 빛을 보았다.
하빈이라면 몰라도 태정이까지 말도 안 되는 소리를 늘어놓는
건 너무 부담스럽다. 선주는 마음이 편안해졌다.

그 때였다. 마주 보고 있던 태정이의 눈에 서서히 물이 차올
랐다. 바람 잔잔한 날, 강가의 물결처럼 천천히. 선주는 당황스
러웠다. 윤태정이라는 애가 다른 사람 앞에서 눈물을 보인다
는 것 자체가 믿을 수 없는 일이었다.

태정이의 목소리가 떨렸다.

"네가 믿지 않아도 상관없어. 하지만 난 정말 겪었어."

선주는 너무 놀라 할 말을 잃었다.

'혹시 쟤…… 정말 머리를 다친 건가?'

선주는 이상한 생각이 들었다. 그리고 영문을 알 수는 없었
지만, 자기가 태정이에게 뭔가 실수를 한 것 같았다.

"네 말을 안 믿는다는 게 아니었어. 난 그냥……."

"괜찮아. 내가 너라도 믿을 수 없을 거야. 나도 잘 믿을 수
없으니까. 하지만 그렇더라. 머리로는 믿어지지 않는데 마음
으로 저절로 믿어지는 그런 경우가 정말 있더라."

다시, 사이프러스

'다행이야. 많이 다친 게 아니라서.'

선주는 복도를 지나면서 5반 창문 너머로 들여다보이는 태정이를 보며 생각했다. 태정이는 일주일 병원 신세를 지고 퇴원했다. 아빠와의 사막 여행은 어떻게 되었는지 모른다. 그렇게 따뜻한 아빠라면 이제 무심하지 않겠지. 아니, 모를 일이다. 어른들은 늘 어떻게든 그 순간을 넘길 뿐이니까.

"어, 여기 있었네? 얼른 가자."

생각에 잠겨 있는 선주의 팔을 갑작스레 잡아챈 건 새롬이였다.

"어딜?"

놀란 선주가 되물었다.

"어디긴 어디야, 사이프러스지. 오늘 목요일이야. 잊었어? 태정이가 조금만 더 입원해 있었으면 난 정말 울어 버렸을 거야. 오빠 입대 얼마 안 남았어. 나도 이제 작전을 시작해야지."

새롬이의 말에 선주는 머리가 멍해졌다. 작전이라니. 아주 먼 옛날 일처럼 느껴졌다. 그건 태정이에게 사고가 나기 전의 일 아닌가. 태정이의 사고 후, 선주는 셋이서 자살 소동을 벌이려고 했다는 것 자체를 잊고 지냈다. 죽음을 가장하지 않아도, 죽으려고 애쓰지 않아도 온통 죽을 수 있는 일투성이라는 걸 깨닫지 못했단 말인가.

선주가 조심스럽게 물었다.

"너 아직도 하고 싶어? 정말 하려구?"

"당연한 거 아냐? 얼른 가자. 내가 태정이한테 빨리 오라고 문자 보냈어. 하빈이는 당연히 올 거구. 물론 알아서 빠져 주면 더 좋겠지만."

선주는 이상한 기운으로 들떠 있는 새롬이 뒤를 따라 사이프러스로 향했다.

"안 돼! 싫어! 절대 안 돼!"

위험하니 계획을 그만두는 게 좋겠다는 태정이의 말에 새롬이가 흥분했다.

"어쨌든 태정이 너는 아빠가 약속을 지킬 수도 있는 거잖아! 선주가 도와줘서 그렇게 된 거라고 네 입으로 말했잖아. 너 너무 이기적이다. 너만 받아먹고 땡 치겠다구? 그런 식으로 나오면 나야말로 너네 집에 가서 다 불어 버릴 거야!"

새롬이는 거칠게 말하더니 놀란 세 사람의 얼굴을 한 번씩 바라보았다. 그러고는 갑자기 애교 섞인 목소리로 말했다.

"진석 오빠 다음 달이면 입대야. 시간이 별로 없어. 나 좀 도와줘, 응? 태정아, 응?"

새롬이는 옆에 하빈이가 앉아 있는 것 따위는 별로 신경 쓰이지도 않는 듯 떼를 썼다.

태정이가 말렸다.

"야, 너 그게 얼마나 위험한지 알아? 그깟 남자 때문에 그런 짓을 한다는 게 말이나 되냐? 그냥 잊어버려."

새롬이가 어이없다는 듯 말했다.

"너, 웃긴다. 말 다 했어? 그깟 남자 때문이라니. 그럼 너는 그깟 낙타 때문에 그런 짓을 하려고 한 거야? 이 말도 안 되는 짓을 가장 먼저 생각해 낸 사람이 누군데 그래? 이제 와서 니가 그런 말 하니까 되게 웃긴다!"

태정이는 말을 잇지 못했다. 선주가 보기에도 새롬이 말이 맞았다. 이 소동을 시작한 사람은 태정이였다. 그러니 마무리를 지어야 마땅했다.

"알았어."

태정이의 승낙이 떨어지자 새롬이의 뾰로통하던 표정이 다시 환해지더니 얼굴에 귀여운 웃음이 떠올랐다.

"도와주는 거지? 그치? 태정이 넌 정말 좋은 애야."

"알았다구. 방법, 장소, 연락처, 유서 다 준비해. 약속대로 내가 할 테니까."

태정이는 퉁명스럽게 말했다.

"응, 그럼. 벌써 다 준비해 놨지. 오래전에 다 해 놨어."

새롬이는 가방을 뒤적여 노란 봉투를 꺼내 태정이에게 내밀었다. 그러면서 나지막이 내뱉었다.

"흥, 감히 나를 차? 나한테 그런 짓 한 걸 죽도록 후회하게 만들어 줄 거야. 사람을 뭘로 보고."

인형 같은 새롬이 얼굴에 설핏 광기가 스쳤다. 누군가를 좋아하는 것이 저 정도 기운을 불러올 만큼 엄청난 일인 걸까?

선주는 궁금함을 참지 못하고 입을 열었다.

"너, 그 오빠 아직 좋아해?"

새롬이가 손사래를 치며 대답했다.

"아아니! 내가 미쳤니?"

"근데 왜 그렇게 집착해?"

"집착? 이건 집착이 아니야. 그냥 복수하는 거지. 받은 만큼 돌려주겠다 이거야. 어떻게 감히 나를 찰 수가 있어? 사실 나는 그 오빠 별로 좋아하지도 않았다구."

태정이는 새롬이가 내민 봉투를 말없이 받아 들었다.

"야, 천사! 너 보고만 있을 거야? 안 말려?"

선주가 하빈이 쪽으로 고개를 돌렸다. 하지만 하빈이가 앉아 있던 자리는 비어 있었다. 하빈이는 어느새 두어 걸음 떨어진 곳에 쪼그리고 앉아 화초 이파리를 쓰다듬고 있었다.

"너 뭐 해?"

새롬이가 짜증난다는 듯 물었지만 하빈이는 새롬이 쪽으로 고개를 돌리지도 않고 느릿느릿 말했다.

"물을 얻으려면, 물을 잃어야 돼."

"야, 무슨 소리를 하는 거야? 그리고 너, 말할 때는 사람을 좀 보면서 말하면 안 되니?"

"나는 지금 잎의 비밀을 말하는 거야. 물 없이는 이 이파리는 시들어 죽고 말 거야. 그럼 이 이파리는 어떻게 물을 얻을까?"

"그거야 당연히 뿌리에서 빨아들이는 거잖아. 우리를 바보로 알아?"

새롬이가 새침하게 대답했다. 하빈이는 화분 쪽으로 더욱 깊이 고개를 들이밀며 말했다.

"뿌리가 어떻게 물을 빨아들일 수 있는지, 뿌리에서 잎까지 물이 어떻게 운반되는지 생각해 본 적 있니?"

"빨아들이면 빨아들이는 거지 더 생각할 게 뭐가 있어?"

하빈이는 새롬이의 퉁명스러운 말에 아랑곳하지 않고 말을 이었다.

"보이진 않지만 이 이파리에는 수많은 기공이 있어. 기공이 열려야 식물에게 꼭 필요한 이산화탄소를 얻을 수 있어. 그런데 이산화탄소를 얻기 위해 기공을 열면 수분도 빠져나가. 잃으면 안 되는 물까지 잃게 된다구. 하지만 신기하게도 수분이 잎 밖으로 빠져나가는 그 힘 때문에 뿌리부터 잎까지 물기둥이 빨려 올라가 이파리까지 전달되거든. 그게 물을 빨아들이는 힘이야. 물을 잃어 물을 얻는 거야. 물을 잃을까 봐 두려워서 기공을 열지 않았다면 이 이파리는 물을 얻지 못해 말라 죽었겠지."

"증산작용."

선주가 무심하게 답했다. 생각난다, 증산작용. 식물 이파리의 기공을 통해 수분이 방출되는 현상. 생물 시간에 배운 기억이 난다. 하지만 그걸 물을 잃어 물을 얻는다는 식으로 생각해 본 적은 한 번도 없었다.

선주의 말을 듣고서야 하빈이는 고개를 들어 셋을 향해 환하게 웃었다.

"그래, 증산작용. 물을 잃어야 물을 얻어. 사랑을 잃어야, 사랑을 얻어."

선주가 손을 내저으며 말했다.

"너 쟤 하는 말 못 들었어? 새롬이 쟤는 그 사람을 사랑하지 않는다잖아."

하빈이가 당연하다는 듯 말했다.

"알아. 새롬이가 사랑하는 건 그 사람이 아니니까."

이번에는 새롬이가 예쁜 얼굴을 찡그렸다.

"그럼?"

"넌 단단히 사랑에 빠진 것 같아."

"누구랑?"

새롬이가 천진난만한 표정으로 묻자 하빈이가 천천히 대답했다.

"네 자신이랑. 수선화의 꽃말처럼 말이야."

단단한 슬픔

여덟 시 반, 학원에서 돌아온 선주는 현관문 손잡이를 잡은 채로 잠시 서 있었다. 집에 들어가기 싫었다. 중간고사가 일주일 남았고 오늘 일정도 아직 끝나지 않았다.

'이 문을 열었을 때, 완전히 다른 세상이 나타난다면 얼마나 좋을까?'

선주는 눈을 감았다. 고소한 빵 냄새가 풍겨 오는 아담하고 예쁜 카페. 벽은 화사한 민트색으로 칠하고 구석구석을 갖가지 소품으로 아기자기하게 꾸몄다. 테이블마다 환한 백합을 한두 송이 꽂아 놓고 의자에는 구름솜을 가득 넣은 푹신푹신한 분홍색 방석을 깔아 둔다. 카페 주인이 된 선주는 예쁜 커피잔 무늬가 촘촘한 앞치마를 입고, 들어오는 사람들 모두에게 환하게 웃어 준다. 한쪽 구석에서는 선민이가 에스프레소 머신에서 커피를 내리고 있다. 그윽한 커피 향이 카페에 가득하다. 언니, 선민 언니가 그 안에 있다. 선주는 언니에게 다가가려 한다.

"얘, 선주야, 여기서 뭐 하고 있어?"

선주는 번쩍 눈을 떴다. 퇴근하고 돌아온 엄마였다. 작지만 날카로운 목소리가 귓속에 박혔다.

"안 들어가고 뭐 하고 있어? 아홉 시에 선생님 오시기로 했잖아. 얼른 들어가."

"뭐 어른들이 억지로 시킨다고 될 일인가요? 다 지들이 좋아야 하는 거죠. 수업은 너무 암기 위주로 하지 말아 주세요. 선주는 워낙 알아서 잘하는 애라 별로 힘들진 않으실 거예요. 숙제나 그런 걸 쓸데없이 많이 내 주진 마세요. 과목이 한두 개가 아니잖아요. 선주만 그런 게 아니라 요새 애들이 시간이 없어요. 평소에는 수능 위주로 봐 주시다가 시험 때 되면 내신 준비해 주시고요. 지금은 시험이 얼마 안 남았으니까, 일단 교과서 내용 중심으로 정리를 한 번 해 주시고요. 학교 프린트 확인 좀 부탁드려요."

선주는 방 안에서 새로 온 영어 선생님과 엄마의 대화를 들었다. 올해 들어서만 세 번째 영어 선생님이다. 같이 공부한 지 서너 달쯤 돼서 익숙해질 만하면 엄마는 선생님을 바꾸었다.

이유는 가지가지였다. 이번 선생님은 내신 대비에 강해서 특별히 모셔 온 선생님이라고 했다. 엄마 앞에 앉아 있는 저 선생도 지금쯤 얼마나 골치 아픈 집에 왔는지 깨달았을 거다.

뭐? 억지로 시킨다고 될 일이 아니라고? 선주는 코웃음이 나왔다. 엄마는 남들에게 항상 그렇게 말한다. 억지로 시킨 적 없다고, 애들이 원해서 하는 거라고. 하지만 선주에게 원하는 것을 원할 자유 따위는 없다. 엄마가 원하는 걸 원해 왔을 뿐이다.

"네가 선주니?"

노크 소리와 함께 방문이 열리고 젊은 영어 선생님이 들어왔다. 기죽은 표정이다. 선주는 말없이 책을 폈다. 두 시간 수업이니 40분쯤 지나면 엄마가 사과를 깎아 들고 소리 없이 들어올 거다. 그 때까지는 공부를 하는 척하고 있는 게 좋다. 저 풋내기 선생에게나, 선주 자신에게나.

'어? 뭔가 이상한데?'

선주는 과외 공부를 하는 내내 이상한 기분에 시달렸다. 누가 자기 방 여기저기에 손을 댄 것 같은 느낌이었다. 조심스레 방을 둘러보았다. 그러고 보니 방 안의 물건들 위치가 조금씩 다 바뀐 것 같다.

"선주야, 설명 듣고 있니?"

"아, 네."

선주는 집중하려고 노력했지만 방 안에서 느껴지는 알 수 없는 위화감에 마음이 산만해졌다.

수업이 끝나고 선생님이 나가자마자 선주는 연필꽂이 바닥에서 열쇠를 떼어 내 책상 서랍부터 열어 보았다. 서랍 안은 아무것도 달라진 게 없다. 서랍 바닥에 넣어 놓은 일기장도, 그 일기장 안에 들어 있는 한 장의 편지도 그대로다.

앗! 머릿속을 스치는 것이 있었다. 선주는 책상에서 일어나 반대편 옷장 문을 거칠게 열었다. 그리고 맨 아래 서랍 깊숙한 곳을 뒤졌다. 없다. 상자, 작은 상자 하나가 거기 있어야 한다. 선주는 자기도 모르게 방문을 열고 뛰쳐나갈 뻔했다. 엄마다. 엄마가 가져다 버린 게 분명하다. 어떻게 알았을까? 이미 알고 있었던 걸까? 그러면 왜 하필 오늘 가져다 버린 거지? 가슴이 쿵쾅거리며 뛰었다. 엄마라면 충분히 그럴 수 있다. 이 집 안에 있는 물건 중 어느 하나라도 엄마가 모르는 장소에 숨어 있을 수는 없으니까.

'정말 가식적이야!'

선주는 속으로 중얼거렸다. 엄마가 방을 뒤지는 걸 알면서도 한마디 말도 못하는 자신이나, 선주가 다 눈치챘을 것을 짐작하면서도 아무 말 없이 또 방을 뒤지는 엄마나, 가식적이기는 마찬가지다. 하지만 선주는 싸우고 싶지 않다. 그래 봐야 늘 완벽한 엄마의 논리 앞에서 무너질 게 뻔하다. 중요한 건 상자를 찾는 것뿐이다. 오늘 버렸다면 아직 쓰레기장에 있을 것이다. 선주는 간신히 마음을 누그러뜨리고 방 밖으로 나갔다.

"엄마, 잠깐 나갔다 올게요."

"어딜 나가? 이 늦은 시간에?"

소파에 앉아 책을 읽고 있던 엄마가 안경 너머로 선주를 빤히 쳐다보았다.

"숙제해야 하는데, 공책을 학교에 놓고 와서요. 요 앞 동에 사는 애한테 잠깐 빌려 가지고 올게요."

"그런 건 미리미리 챙겼어야지. 지금 한시가 급한 마당에. 너는 어떻게 된 애가……. 빨리 갔다 와!"

엄마는 한심하다는 듯 눈살을 찌푸렸다.

"알았어. 지금 나갈게."

태정이는 전화를 끊자마자 옷을 꺼내 입었다. 주머니에 선주가 부탁한 것을 챙기는 것도 잊지 않았다. 그리고 주저 없이 현관문을 열었다.

"너 어디 가니? 의사 선생님이 아직 무리하면 안 된다고 했잖아!"

엄마의 놀란 목소리가 들려왔지만 태정이는 모른 척했다. 비가 오는 걸 몰랐던 태정이는 웃옷에 달린 모자를 뒤집어쓰고, 걸어서 15분 거리인 선주네 아파트 단지를 향해 뛰었다.

처음이었다. 선주가 이렇게 늦은 밤에 전화를 한 것은. 선주는 울고 있었다. 아니, 우는 목소리는 아니었다. 하지만 아무렇지 않은 듯한 목소리 뒤에 눈물이 배어 있었다.

"우리 단지 앞으로 잠깐만 와 줄래? 손전등 하나만 가져와 줘. 부탁할게."

태정이는 이유를 묻지 않았다. 궁금하긴 했지만 이유를 묻지 않는 것, 그게 사랑이라고 태정이는 믿었다. 아빠가 아무것도 묻지 않고 태정이를 꼭 끌어안아 준 것처럼. 그건 선주가 도와줘서 가능했다. 태정이는 그 마음을 선주에게 되돌려주고 싶었다.

선주는 아파트 단지 앞 택시 승강장에서 태정이를 만났다. 몸은 벌써 비에 반쯤 젖어 있었다.

"미안해. 밤이 늦었는데, 달리 연락할 사람이 없어서……."

선주는 말끝을 흐렸다.

"괜찮아, 정말 괜찮아."

태정이의 따뜻한 말에 와락 울음이 쏟아지려는 걸 선주는 겨우 참았다. 태정이 앞에서 불쌍해 보이는 것은 싫다. 그런 선주의 마음을 아는 듯 태정이는 주머니에서 손전등을 꺼내 허공을 향해 깜박거리며 아무렇지도 않게 물었다.

"뭐 찾을 거 있어? 그럼 찾으러 가자."

선주가 앞장을 섰다.

"이쪽으로 와."

태정이를 데리고 쓰레기장으로 간 선주는 폐휴지가 쌓인 쪽을 비춰 달라고 했다. 상자들이 아무렇게나 포개져 있었다. 흠

뻑 젖어 버린 상자들을 볼 때마다 선주의 마음이 덜컹거렸다. 그리고 비에 젖은 상자가 자신이 찾는 상자가 아니라는 걸 확인할 때마다 작게 안도의 한숨을 내쉬었다.

"태정아, 저 안쪽, 안쪽으로 비춰 줘. 내가 들어가서 찾아볼게."

"응."

태정이는 손전등을 안쪽으로 비추었다. 선주는 안으로 성큼 걸어 들어갔다. 그리고 구석진 곳을 한참 뒤적거린 끝에 작은 분홍색 상자 하나를 품에 안고 나왔다. 몰골은 말이 아니었지만 얼굴은 웃고 있었다.

"찾았어. 고마워."

비가 그쳤다. 선주와 태정이는 근처 패스트푸드점에 갔다. 여기까지 와서 도와주었는데 왜 불러냈는지, 왜 식구들을 놔두고 태정이에게 연락했는지 설명해야 할 것 같았다. 그런데 태정이는 아무것도 묻지 않았다. 선주는 한편 다행이라고 생각했다. 머릿속까지 훤히 들여다보일 것처럼 밝은 가게 불빛 아래서 우리 언닌 죽었어, 따위의 말은 하고 싶지 않았다.

태정이가 갑자기 생각난 듯 물었다.

"너, 하빈이 어떻게 생각하니?"

'아, 하빈이.'

그래도 태정이와 함께 나눌 공통의 화제가 하나라도 있다니 다행스러웠다.

태정이가 다시 말했다.

"나는 가끔 걔가 진짜 천사 아닐까 하는 생각도 들어. 네 생각은 어때?"

선주는 자기 비밀 대신 하빈이에 대해 알고 있는 걸 털어놓기로 마음먹었다.

"애들 말로는 우리보다 나이가 두 살 많대. 누가 우연히 주민등록증을 봤는데 그렇다더라. 교실에서도 늘 식물도감을 들여다보다가 무슨 진리라도 깨달은 것처럼 엉뚱한 소리를 하곤 해. 우리한테만 그러는 게 아니라 다른 애들한테도 식물이 어쩌구 자연이 어쩌구, 그런 말을 하고 다닌다나 봐. 애들은 그냥 하이코미디라고 여기고 넘어가는 것 같아. 하빈이도 다른 애들한테는 우리한테처럼 진지하게 이야기하지 않는 것 같기도 하고."

"진짜 정체가 뭘까? 한번 뒤를 캐 보고 싶어."

태정이의 눈이 호기심으로 반짝였다. 선주는 태정이가 하빈이에게 쏟는 관심이 호기심이라기보다는 호감에 가깝다는 걸 알아차렸다.

"조심해! 진짜 네 속까지 다 꿰뚫어 보고 있을지도 모르거든."

선주는 지난번에 몰래 하빈이 뒤를 밟아서 문구점까지 갔던 일과 그 안에서 봤던 일을 모두 털어놓으며 덧붙였다.

"정말 신비한 능력 같은 게 있는 건지도 모르고, 그렇다면 네가 자기 뒤를 캐는 것 정도야 금방 알지 않겠어? 게다가 그 화분이 자기 날개라잖아? 하도 이상해서 내가 언젠가 사이프러스에 가서 물어본 적도 있어. 그랬더니 그 아줌마까지 그게 천사의 날개라고 해서 얼마나 황당했는지 몰라."

선주의 말에 태정이가 피식 웃으며 대답했다.

"그거 천사의 날개 맞아."

"뭐? 그게 무슨 소리야?"

"하빈이가 들고 간 그 화분, 이름이 엔젤윙베고니아야. 천사의 날개. 그 식물에 나란히 달린 이파리가 꼭 천사 날개 모양이라 붙여진 이름이래. 우리 집에서도 엄마가 예전에 키웠어."

태정이는 문득 가슴이 먹먹해졌다. 오래전, 엄마 아빠가 사이가 좋았던 그 때, 베란다 가득 엄마가 기르던 화초들. 태정아, 이것 좀 봐. 정말 천사 날개처럼 생기지 않았니? 그래서 얘 이름은 천사의 날개야. 햇살 가득한 창가에서 포근하게 속삭이던 엄마 목소리가 들려오는 것만 같았다.

하지만 모든 건 끝났다. 화초들은 말라 죽었고, 돌보지 않는 화분으로 가득한 베란다에 이젠 누구도 발을 들여놓지 않는다. 제일 먼저 말라 죽은 것이 엔젤윙베고니아였다. 천사는 일찌감치 불운을 감지했던 걸까? 태정이는 고개를 흔들어 생각을 지워 버리려고 애썼다.

"그럼 태정아, 천사의 나팔도 식물 이름인가? 하빈이가 사이프러스에 자기 나팔이 어쩌구 그랬잖아."

"아마도 엔젤트럼펫인가 하는 식물이 있다는 것 같았어."

"하지만 그 식물은 하나도 나팔처럼 안 생겼던데……."

선주는 여전히 미심쩍었다.

"그건 그렇다 치고, 문구점 사건은 정말 신기하다. 어떻게 그런 일이 있을 수 있지?"

태정이도 고개를 갸웃했다. 하지만 이내 결심했다는 듯 말을 이었다.

"내가 누구냐! 천하의 윤태정이 하빈이 뒷조사 정도 못하겠어? 근데 이선주, 너는 왜 걔 뒤를 밟은 거야?"

선주는 태정이의 갑작스런 질문에 뭐라고 대답해야 할지 몰라 당황했다.

"뭐, 나도 그냥 궁금하기도 하고……."

"너도 하빈이 괜찮게 생각하는구나."

"아니, 뭐 꼭 그렇다기보다……."

"후후, 하빈이 생각보다 인기가 많네. 재미있는걸. 그냥 난 이런 생각을 해 봤어. 걔가 진짜 천사일 수도 있고 아닐 수도 있어. 우리 상식으로는 당연히 아니지만 상식이 항상 맞는 건 아니니까. 어쨌든 자기는 그렇다고 주장하잖아. 진짜인지 알 수는 없지만 난 가끔 걔가 하는 말들이 다 진짜였으면 할 때가 있어. 내가 사고를 당해서 그런 건 아니야. 그 전에도 하빈이 이야기를 들으면서 그런 생각 했거든. 그러면 차라리 나을 것 같아. 지금 내 상황이 정말 싫어도 걔 말대로 이 모든 걸 내가 선택한 거라면, 그게 사실이라면 차라리 나을 것 같아. 적어도 그렇다면, 아무리 힘들어도 나는 그저 내 선택에 대한 책임을 지는 거니까."

"그게, 그렇게 되는 건가?"

선주도 잠시 생각에 잠겼다. 만약 이 인생이 하빈이 말대로 내가 선택한 거라면 나는 이 인생의 어떤 점에 반해서 선택한 걸까? 감정이라고는 한 방울도 없는 것 같은 엄마? 가족에게는 늘 무관심한 아빠? 몸만 같이 어울려 다닐 뿐 한 번도 마음을 열어 보여 준 적 없는 친구들? 도저히 이 인생을 선택할 만한 이유가 없다. 이유가 하나만이라도 있다면 태정이 말에 동의하고 싶었다. 선주는 다시 마음이 꼬였다.

'그래도 태정이 넌 좋은 아빠가 있으니까. 주위에 늘 함께하려고 하는 친구들이 있으니까. 잠시만이라도 너처럼 살아 볼 수 있다면 뭐가 문제겠니.'

태정이의 도움을 받아 조금은 평정을 되찾았던 선주의 마음이 다시 어두운 터널 속으로 들어갔다. 내게는 아무도 없다는, 세상에 내 편이라고는 단 한 사람도 없다는 고립감. 문득 선주는 마주 앉은 태정이가 낯설게 느껴졌다.

선주의 침묵에 태정이가 입을 열었다.

"너 들어가야 되지 않아? 가자."

"응, 가야지."

태정이가 자리에서 일어나자 선주도 따라 일어섰다. 아직

물기가 다 마르지 않은 옷 때문에 한기가 느껴졌다.

"너, 저 상자 챙겨 가야지."

태정이는 옆 의자에 올려놓은 상자를 깜빡하고 가려던 선주를 불러 세웠다.

"아, 참! 상자!"

선주는 상자를 들어 가슴에 안았다. 그러자 불현듯 생각이 났다.

'아, 언니 미안해. 내가 언니를 잊었구나. 그래, 내 인생에는 언니가 있었지. 어떻게 내가 그걸 잊을 수가 있었지? 만약 내가 이 인생을 선택한 거라면, 언니가 우리 언니였기 때문일 텐데.'

헤어질 때가 되자 선주는 다시 태정이에게 고마운 마음이 들었다. 태정이가 부러웠다가 얄미웠다가 고마웠다가, 마음의 갈피를 잡을 수 없었다. 어쨌든 지금 이 순간에는 고마웠다.

"잘 가! 다음에도 또 손전등이 필요하면 전화하구!"

태정이가 주머니 안에서 손전등을 깜박거리며 말했다. 노란 불빛이 주머니 밖으로 새어 나왔다.

"고마워. 잘 가!"

"응."

태정이가 몸을 돌린 순간, 선주가 다시 태정이를 불렀다.

"저기, 태정아."

"응?"

"사실 우리 언니가 2년 전에 죽었어. 이 상자 안에는 언니 물건이 들어 있어. 고마워. 찾을 수 있게 도와줘서."

선주는 처음으로 누군가에게 언니가 죽었다는 이야기를 했다. 오랫동안 목구멍에 걸려 있던 가시가 빠지는 것 같았다. 태정이는 아무 말 없이 선주의 손을 잠깐 쥐었다 놓고 손을 흔들며 집으로 향했다.

바다가 거기 있다는 걸 믿으면 돼

'넌 단단히 사랑에 빠졌어. 네 자신이랑. 수선화의 꽃말처럼 말이야.'

새롬이의 머릿속에 하빈이의 말이 계속해서 되풀이되었다. 나 자신과 사랑에 빠지다니 그게 도대체 무슨 말일까? 새롬이는 하빈이가 왜 그런 말을 한 건지 답답해서 미칠 지경이었다.

'수선화의 꽃말 같다고? 수선화랑 나르시스랑 관련이 있는 것 같은데, 잘 기억이 안 나네.'

새롬이는 집에 돌아오자마자 컴퓨터를 켜고 검색창에 '수선화'를 쳐 넣었다. 화면에 나온 설명을 읽어 내려가던 새롬이는 한 단락에 시선을 고정했다.

수선화의 속명인 나르키수스(Narcissus)는 그리스 신화에 나오는 나르시스(나르키소스)라는 청년의 이름에서 유래한다. 나르시스는 연못 속에 비친 자기 얼굴의 아름다움에 반해서 물속에 빠져 죽었는데, 그 곳에서 수선화가 피었다고 한다. 그래서 꽃말은 나르시스라는 미소년의 전설에서 '자기주의' 또는 '자기애'를 뜻하게 되었다.

'자기 아름다움에 반해서 물속에 빠져 죽었다고?'
새롬이는 흠칫 놀라 검색하던 화면을 닫아 버렸다. 날마다 거울에 비친 제 모습에 반하는 것, 그게 바로 새롬이였다. 그건 당연한 일이라고 생각해 왔다. 예쁘니까, 반하는 건 당연한 것 아닌가? 그건 새롬이에겐 너무 자연스러워서 자신과 사랑에 빠진 거라는 식으로는 한 번도 생각해 본 적이 없다.

하지만 그게 뭐 어쨌단 말이지? 그렇다고 해서 그것이 자살 소동을 그만둘 이유가 되지는 않는다. 아니, 오히려 그렇기 때문에 더욱 용서할 수가 없다. 진석 오빠한테 차이는 순간 새롬이의 자부심은 커다란 상처를 입었다. 어떻게든 복수를 하지 않고서는 그 상처는 도저히 회복되지 않을 것 같았다.

"새롬아, 이건 말도 안 돼!"
태정이가 지난주에 새롬이가 준 봉투를 다시 탁자 위에 올려놓았다.

"왜?"

새롬이가 천연덕스러운 표정으로 태정이를 뚫어져라 바라보았다.

"약을 먹겠다니 제정신이야? 그냥 높은 데서 떨어지는 척만해. 그럼 내가 그 오빠 불러다 줄게. 그러면 되잖아."

태정이가 애원하듯 말했다. 선주와 하빈이는 말없이 둘의대화를 듣고 있었다. 선주는 우스웠다. 그깟 남자 때문에 소동을 부리는 게 역겨웠다. 하지만 그런 모습을 보면서도 이 친구들 주위를 떠나지 못하고 목요일 오후가 되면 자연스레 사이프러스로 걸음을 옮기는 자신도 잘 이해가 가지 않았다.

"넌 목매려고 했잖아. 목 매다는 거랑 수면제 먹는 거랑 인간적으로 어떤 게 더 위험하냐? 얘네한테 물어보자. 야, 이선주 너 말해 봐. 어떤 게 더 위험해?"

새롬이가 따지고 들었다. 선주는 대답하지 않았다.

"연기를 하려면 제대로 해야지. 내가 이래 봬도 배우 지망생이야."

새롬이는 어깨를 으쓱해 보였다.

"너 근데 그거 50알을 어떻게 구할 건데?"

태정이가 물었다.

"20알은 내가, 30알은 태정이 네가. 약국 돌아다니면서 엄마가 사 오랬다고 하면 되지 뭐가 문제야?"

새롬이가 가볍게 대답하자 태정이가 놀라 물었다.

"뭐라구?"

"아이참, 네가 도와준다며. 그럼 그 정도는 해 줘야지."

"너 그러다가 진짜 죽을 수도 있어. 알아?"

태정이가 다그쳤다.

"그러니까 그걸 다 먹으면 안 되지. 반 정도만 먹고 나머지는 손에 힘이 없어서 떨어뜨린 것처럼 탁자 위에 흩뜨려 놓는 거야. 물컵도 반쯤 쏟아지게 해 놓고. 침대 밑으로 한쪽 팔을 내려뜨리고 우아하게 잠드는 거지."

"영화를 너무 많이 본 거야."

선주는 새롬이가 한심했다. 새롬이는 개의치 않는 것 같았다.

"도와줄 거지? 그렇지, 태정아? 도와줄 거지?"

새롬이는 콧소리를 섞어 가며 태정이에게 얼굴을 바싹 들이밀었다. 이상한 일이었다. 새롬이가 애타는 표정으로 부탁을 해 오면 누구라도 들어주게 된다. 선주 역시 그렇게 될 것 같았다. 나라면 저렇게 할 수 있을까? 선주는 자신이 다른 사람에게 부탁을 잘 하지 않는다는 것이 씁쓸했다.

새롬이는 태정이의 침묵을 긍정의 뜻으로 받아들였는지 말을 이었다.

"진짜 죽는 게 아니라고 해도 목 매다는 건 너무 흉해. 혓바닥이 길게 늘어진다잖아? 높은 데서 떨어지면 몸이 산산조각이 나 버릴 테니 그건 말도 안 돼. 그리고 물에 빠지면 퉁퉁 불 거 아냐? 상상만으로도 그런 죽음은 싫어. 방에다 백합을 잔뜩 늘어놓고 문을 꽉 닫고 자면 죽는다는데, 사실 내가 원하는 건 바로 그거야. 근데 그건 진짜 죽고 싶을 때 꼭 해 볼 거야. 이번에 그렇게 하면 가짜인 게 너무 티가 날 것 같아서 안 되겠어. 약 먹는 게 제일 흉하지 않고 효과적이야. 보는 사람도 너무 괴롭지 않고 말이지."

"꽃이 아름다운 건 열매를 맺기 위해서지 보는 사람을 위해서는 아닌데."

불쑥 말을 꺼낸 건 하빈이였다. 지난번 하빈이가 한 말 때문에 좀 샐쭉해져 있던 새롬이가 퉁명스럽게 대꾸했다.

"또 무슨 말이야?"

"보르네오 섬의 열대우림에 가면 커다란 덩굴나무 줄기에 양배추처럼 생긴 혹이 생겨. 시간이 지나면 그 양배추 잎이 점점 펴지면서 다섯 장의 오렌지색 꽃잎이 되는데 그 꽃의 크기가 1미터나 되지. 그 꽃이 세계에서 가장 큰 꽃인 라플레시아야."

"그게 뭐? 그런 말을 왜 하는 건데?"

하빈이가 먼 하늘을 바라보며 느릿느릿 말을 이었다.

"세상에서 가장 큰 꽃인 라플레시아도 피어난 지 사흘만 지나면 생선 썩는 냄새를 풍기지. 번식을 하기 위해 그런 냄새로 파리를 꼬드기는 거야. 그런데 너는 무조건 예쁜 모습만 보여 주고 싶은가 봐."

발끈해서 대답하는 새롬이의 목소리 끝이 갈라졌다.

"그래, 난 예쁘게 보이는 게 제일 중요해. 날 사랑하니까. 난 사랑받을 만하니까. 그게 뭐 어때? 우리 모두 조금씩 그러잖아. 아니야?"

그제야 하빈이가 새롬이를 빤히 바라보며 입을 열었다.

"그래 네 말이 맞아. 우린 모두 조금씩 그래. 하지만 모두 그런다고 해서 그게 진짜 사랑이 되는 건 아니야."

"진짜 사랑? 어떤 게 진짜 사랑인데?"

이번 질문은 선주가 던졌다.

"너희들은 뭐라고 생각하니? 사랑, 사랑이 뭐라고 생각해?"

하빈이의 말에 새롬이가 기회다 싶은 표정으로 말했다.

"하빈아, 질문은 네가 하는 게 아니야. 질문은 우리가, 대답은 네가. 기억 안 나? 말해 봐, 사랑이 뭔데?"

하빈이는 잠시 뜸을 들였다. 그리고 입을 열었다.

"우리 세계에서 사랑이란, 살아 있으려는 마음을 뜻해."

"뭐?"

이해가 안 간다는 듯 새롬이가 인상을 찡그렸다.

"살아 있으려고 하는 사람만이 누군가를 사랑할 수 있다, 그러니까 자살 따위는 하지 마라, 뭐 그런 말이야?"

선주가 다시 물었다.

"아니, 아니야. 이건 사랑을 하고 말고, 누구에게 사랑을 주고 말고 하는 그런 게 아니야. 살아 있으려는, 살아 있는 마음 그 자체가 사랑이야. 살아 있다면 누구나 이미 사랑 안에 있는 거야. 한 생명이 새로 태어났다면 그건 이미 온 우주가 그 사람을 지켜 주기로 약속한 거나 다름없어. 누가 태어난다는 건, 누구누구가 태어나도 되겠습니까, 라는 질문에 온 세상이 수만 번의 엔터 키를 한 번의 오차도 없이 쳐야만 가능한 일이거든."

"웃기는 생각이야."

하빈이의 긴 설명에 선주가 딱 잘라 말했다.

"네 말이 사실이라면 모두들, 아니, 다른 사람까지 갈 것도 없이 바로 내가 그런 느낌이 들어야 하잖아. 온 우주가 나를 사랑한다는, 살아 있으니까 이미 사랑 안에 있다는 그런 느낌. 네 이야기, 의도는 좋지만 현실성이 없어. 난 한 번도 그런 느낌 받은 적 없거든. 너나 그렇게 생각하는 거겠지. 살아 있는 사람이라면 모두 다 사랑을 한다고? 말도 안 되는 소리야."

선주는 마지막 말을 하면서 아빠와 엄마 얼굴이 떠올랐다. 사랑? 전혀 연결되지 않았다.

하빈이가 느릿느릿 말을 이었다.

"아니. 살아 있는 사람이 사랑을 하는 게 아니라 살려는 마음, 생명, 그 자체가 사랑이라니까. 역시 천사가 인간한테 진리를 전하는 건 쉬운 일이 아닌가 봐. 사랑은 움직이지 않아. 거대한 호수처럼 그냥 그 자리에 있지. 사랑은 그런 거야. 우리는 모두 그 호수에서 물을 퍼 먹고 사는 거라고. 물 없이 살 수 없듯, 사랑 없이 살 수 없으니까. 죽은 영혼이 다음 생을 살기로 결정되면 커다란 방에 가서 구슬을 골라 다음 인생을 선택한다고 한 이야기 생각나? 그 수많은 구슬 밑바닥에는 거대한 샘이 있어. 그걸 정확히 샘이라고 할 수는 없는데, 어쨌든 이 세계의 언어로 하자면 샘이 가장 가까울 것 같아. 그 샘 자체가 사랑이야. 수많은 구슬은 샘이 낳은 알들일 뿐이야. 우린 그 샘이 낳은 알들 가운데 하나를 선택해서 살고 있는 거라고. 그 알은 모두 샘에서 비롯되었어. 그 샘이 바로 사랑이니까, 네가 살아 있는 것 자체가 그냥 사랑, 사랑의 결과물인 거야."

선주는 정말 이해하고 싶었다. 사랑이라는 게 정말 그런 거라면, 살아 있음으로 이미 사랑 안에 있는 거라면, 굳이 사랑을 얻기 위해 노력할 필요가 없다. 그리고 사랑받지 못한다고 해서 괴롭지도 않을 것이다. 그러면 좋을 것 같았다. 선주는 진지하게 하빈이 말에 귀를 기울였다.

"선주야! 우주의 사랑은 너무 거대해서 항상 느끼거나 할 수는 없어. 너는 바다의 크기를 짐작할 수 있니? 바다의 크기가 매 순간 느껴진다고 생각해 봐. 매일매일 피어나는 모든 꽃들의 향기를 늘 맡고 있다고 생각해 봐. 땅을 뚫고 나오는 수많은 새싹들의 아우성을 매일 듣는다고 생각해 봐. 부담스러워서 살 수 있겠니? 그럴 필요 없잖아. 우린 그냥 바다가 거기 있다는 걸 믿으면 되는 거야. 그리고 필요한 순간에 그냥 바다를 보러 가면 돼. 꽃의 향기를 맡고 새싹과 이야기 나누면 되는 거야."

하빈이의 말이 끝나자 잠시 침묵이 흘렀다. 침묵을 깬 건 새롬이였다.

"몰라. 모르겠어. 하빈이 넌 말을 너무 어렵게 하는 것 같아. 무슨 말인지 난 하나도 모르겠어. 뭔가 열심히 이야기해 준 건 고마운데, 그렇다고 내 계획이 바뀌지는 않을 거야. 나 먼저 갈게."

새롬이는 가볍게 일어나 가방을 메며 선주를 향해 한마디를 덧붙였다.

"아 참, 그리고 선주야. 넌 계획 어떻게 할 거야? 난 의리 있는 애니까 네가 한다고 하면 무조건 도울 거야. 토 같은 거 안 달고 그냥 도울 거라고. 정 내키지 않으면 유서라도 써 봐. 그것도 나름 재미있더라."

새롬이는 긴 머리칼을 찰랑거리며 밖으로 나갔다. 주머니에 손을 꾹 집어넣고. 계단을 내려가면서 새롬이는 자기도 모르게 아랫입술을 깨물었다.

'모두 똑같이 사랑 안에 있다구? 전도사 같은 소리 하고 있네. 더 사랑받을 만한 사람은 분명히 있어. 아름답고 추한 건 누구라도 구별할 수 있어. 아름답다면 추한 것보다 더 사랑받는 게 당연한 일 아니야? 다 똑같다니, 어림없는 소리지. 그게 다 못난 인간들의 자격지심이 만들어 낸 이야기지 뭐야?'

"그나저나 쟤 어쩌지? 정말 약 먹게 놔둘 수는 없잖아."

새롬이가 나간 뒤 선주가 하빈이에게 도움을 청하는 얼굴로 물었다.

"방법이 있겠지, 뭐. 사랑 때문에 생긴 문제라면 결국 사랑으로 풀어야 하겠지만."

하빈이는 느긋해 보였다.

몸보다 커진 손

"어서 오세요!"

하얀 가운을 입은 여자 약사가 교복 차림으로 들어오는 태정이를 반갑게 맞았다. 약사는 40대쯤 되어 보였는데, 부드럽게 안으로 말린 단발머리에 서글서글한 눈매가 편안했다. 무서운 사람 같아 보이지는 않았다. 태정이는 마음이 놓였다.

"안녕하세요. 저, 밤에 잠이 잘 안 와서 그러는데, 수면제 뭐 그런 거……."

약사가 태정이를 빤히 바라보았다. 태정이는 얼굴이 달아올랐다.

"학생이 먹으려고?"

"아, 아뇨. 엄마가 요즘 잠이 잘 안 온다고 하셔서요."

약사는 잠시 뭔가 생각하더니 말을 이었다.

"엄마한테 가서 수면제는 몸에 안 좋으니까, 잠이 안 올 때는 우유를 미지근하게 데워서 드시라고 말씀 드려."

"아, 네."

태정이는 속으로 다행이라고 생각했다. 학생들에게는 보통 수면제를 팔지 않는 거다. 그렇다면 새롬이도 쉽게 구하지 못할 게 분명하다.

"그래도 정 필요하다고 하시면, 병원에 가서 처방전을 받아와야 한다고 말씀 드리고."

"네."

태정이는 다소곳하게 대답하며 돌아섰다.

"엄마, 다녀왔어요!"

남자애 하나가 약국 문을 열고 들어왔다.

"걸핏하면 심부름이나 시키고 말이지. 엄마는 정말 아들 하나 잘 둔 줄 알아야 된다니까."

"그래, 내가 아들 하나는 잘 뒀지. 고마워."

남자애는 투덜거리면서도 싫은 내색은 하지 않았다. 보기 좋은 광경이었다. 태정이는 약국 문을 열었다.

"어? 너 윤태정 아니야?"

태정이는 흠칫 놀라 뒤를 돌아보았다. 방금 약국으로 들어온 남자애가 태정이를 바라보고 있었다.

"너 일성중학교 나왔지? 우리 2학년 때 같은 반이었는데."

"아! 서현태!"

태정이는 그 아이가 학교 이름을 말하고 나서야 생각이 났다. 현태. 별다른 특징 없이 조용한 아이였다.

"약 사러 왔구나. 어디 아파?"

"아니, 엄마 심부름으로."

태정이는 얼버무렸다.

"그래? 오늘 엄마 심부름 오는 애들 많네. 중학교 동창회 해도 되겠다."

"그게 무슨 말이야?"

"너도 알지, 새롬이? 개도 우리 학교 나왔잖아. 아까 심부름 왔더라. 엄마가 잠을 잘 못 주무신다고."

"아, 그랬구나."

태정이는 슬그머니 웃음이 나려고 했다. 새롬이도 지금 수면제를 구하러 돌아다니고 있는 거다. 동네에 약국이 몇 군데 없으니 이렇게 겹치는 게 당연하다.

그런데 새롬이 이름을 말할 때 현태한테서 뭔가 특별한 느낌이 묻어났다. 약간 들뜬 것 같으면서도 부끄러운 듯한, 그러면서도 부자연스럽지 않게 말하려고 애쓰는 그런 느낌. 갑자기 퍼즐이 맞춰지듯 연결되는 사건 하나가 떠올랐다.

"현태 너, 니가 혹시?"

태정이가 현태에게 바짝 다가서서 의혹의 눈길을 보내자 현태는 뒤로 주춤 물러서며 말했다.

"혹시, 뭐?"

태정이가 긴장을 늦추지 않고 한 발짝 또 다가가 물었다.

"너지? 3학년 때 새롬이 생일날……. 너 맞지?"

"너, 이거 내가 얼마나 어렵게 구했는지 알아?"

태정이는 알약이 가득 든 유리병을 탁자 위에 내려놓으며 말했다.

"아, 고마워. 정말 고마워. 역시 너밖에 없어. 넌 정말 대단한 것 같아. 나는 온 동네 약국을 다 돌아다녔어도 못 구했는데, 너는 어떻게 일주일 만에 내 몫까지 다 구했니?"

새롬이는 두 손을 꼭 모아 쥐고 연신 태정이에게 고맙다고 했다.

"내 말 잘 들어. 이건 수면제가 아니라 수면 유도제야. 수면제는 병원 처방전이 없으면 구할 수 없거든. 그래서 이건 많이 먹는다고 해도 죽지는 않아. 하지만 모르는 거야. 소화제도 많이 먹으면 죽을 수 있대. 약을 많이 먹는 건 정말 위험한 거야. 그러니까 몇 개만 먹는 척해. 진짜로 먹지 말고. 알겠어?"

태정이가 짐짓 엄포를 놓았다.

"그래도 많이 먹어야 위 세척 같은 것도 하고 그렇게 되지 않을까? 그래야 진짜 같잖아."

함께 있던 하빈, 선주, 태정이가 동시에 한숨을 내쉬었다.

"아휴, 너는 철이 없는 거니, 아니면 그런 척하는 거니? 생각이 있는 건지 없는 건지 알 수가……."

보다 못한 선주가 잔소리를 하자 새롬이가 손을 내저으며 말을 끊었다.

"알았어. 그만해. 먹는 척만 할게. 됐지?"

그러고는 알약이 가득 담긴 병을 조심스럽게 가방 안에 집어넣었다.

"만약에, 네가 죽어 가는 척을 해서 그 진석 오빠가 하는 사람이 돌아온다고 하면, 다시 사귈 거야? 너 처음부터 그럴 생각은 아니었지?"

선주의 갑작스러운 질문에 새롬이는 당황했다.

"그, 그런 게 왜 궁금해? 별로 중요한 것도 아니잖아."

"근데 너 추워?"

몇 걸음 떨어진 곳에서 물뿌리개를 들고 화분에 물을 주던 하빈이가 불쑥 새롬이에게 물었다.

"춥긴 뭐가 추워? 누가 춥대?"

"근데 왜 자꾸 손을 주머니에 넣어? 추울 땐 옷을 따뜻하게 입는 게 최고야. 알프스 고산지대의 에델바이스는 표면에 담요처럼 털이 덮여 있어서 추위를 이길 수 있고……."

"안 추워, 안 춥다고!"

새롬이는 까칠하게 대꾸해 놓고 가슴이 덜컹했다. 새롬이는 태정이가 준 약병을 가방에 넣자마자 교복 앞주머니에 손을 넣고 있었던 것이다. 차분하게 대응해야 한다. 당황한 모습을 보였다간 콤플렉스가 드러날 수도 있다. 새롬이가 감정을 죽이고 말했다.

"습관이야, 그냥. 그런 습관도 있는 거잖아."

새롬이는 아이들의 시선이 주머니 안의 손으로 쏠리는 것 같아 불안해졌다.

"시험 기간인데 벼락치기라도 하러 가야겠다. 나 갈게. 태정아, 고마워. 디데이는 다음 주 토요일인 거 잊지 말고. 그럼 나 먼저 간다. 다음에 또 봐!"

새롬이는 가방을 챙겨 메자마자 다시 주머니 속에 손을 집어넣었다. 사이프러스를 빠져나오는 내내 새롬이는 주머니 안의 손이 몸보다 더 커져서 자신을 뒤덮고 있는 것만 같았다. 불쾌했다.

새롬이가 나가고 나서야 선주는 지금이 시험 기간이라는 사실에 마음이 무거워져 한숨을 내쉬었다. 사흘 전부터 시작된 2학기 중간고사는 내일이면 끝난다. 오늘 시험 본 과목은 영어와 도덕. 새 과외 선생님이 온 보람도 없이 영어 시험을 망치고 말았다. 교과서 내용에 치중하느라 부교재를 소홀히 한 것이 실수였다. 엄마는 펄펄 뛸 거고, 이제 겨우 친근해진 영어 선생님은 곧 잘릴 거다.

"왜 그래? 무슨 고민이라도 있어?"

선주의 한숨에 태정이가 걱정스러운 듯 물었다.

"근데, 너네 시험은 잘 봤어?"

"어, 시험? 그냥 뭐……."

태정이는 별 관심 없다는 듯 대충 얼버무렸다. 어떻게 저렇게 아무렇지 않을 수가 있을까? 선주가 어울려 다니는 친구들은 시험 점수 1점에 천국과 지옥을 오갔다. 서로의 점수를 짐작해 가며 반 등수를 가늠하느라 시험 기간에는 신경이 팽팽히 곤두섰다. 잘 봤어도 너무 좋은 티를 내서는 안 되고, 망쳤어도 절망의 포즈는 금물이다. 담담하게 거리를 두면서 자기 페이스를 유지해야만 한다.

그 모든 심리전을 포함하는 것이 상위권의 경쟁인 거라고 엄마는 말하곤 했다. 학생의 본분은 공부고, 그 공부를 평가하는 것이 시험이니, 모두들 시험에 목을 매는 건 당연하다는 엄마의 말이 떠오르자 그저 태평해 보이는 태정이와 하빈이에게 공연히 화가 났다.

"왜? 너 시험 망쳤어?"

태정이가 스스럼없이 물어 왔다. 망쳤어, 라는 말이 선주의 신경을 곤두세웠다.

"누가 망쳤다 그랬니?"

선주는 뾰족하게 대답해 놓고 후회가 되었다. 하지만 태정이는 아무렇지도 않게 대꾸했다.

"그래, 넌 워낙 잘하니까. 난 망쳤어. 난 영어가 제일 싫거든. 영어 같은 과목 없어지면 좋겠어."

태정이 말에 하빈이가 사이프러스의 식물들을 휘 둘러보며 맞장구를 쳤다.

　"나도 영어가 싫어. 나무들은 언어가 없어도 다 저렇게 잘 자라는데. 자기 나라 말도 모자라서 남의 나라 말까지 배워야 하다니 이쪽 세계 사람들은 너무 불쌍해. 근데 태정아, 내일 시험은 뭐 봐?"

　"뭐더라? 아, 수첩에 적어 놨는데."

　태정이가 가방을 열어 수첩을 꺼내려고 할 때 선주가 입을 열었다.

　"문학, 국사."

　"아, 맞아. 문학이랑 국사. 근데 태정아, 새롬이 말이야."

　하빈이는 뭐가 신나는지 손뼉을 한 번 치더니, 시험 따위 상관없다는 듯 평소의 표정으로 돌아와 태정이에게 말을 걸었다. 한심하다. 한심하기 그지없다. 하빈이야 자기가 천사라니까 그렇다 쳐도 태정이는 시험 칠 과목도 모르면서 어떻게 저렇게 느긋한 걸까? 시험 망쳤다는 말을 어떻게 아무렇지도 않게 할 수 있는 걸까? 정말 성적 따위 상관없는 걸까? 점수보다 더 중요한 인생의 뭔가를 발견한 걸까? 선주 머릿속에서는 의문이 꼬리에 꼬리를 물었다.

　"아무래도 내 생각에는 새롬이, 네가 구해다 준 그 알약 다 먹을 것 같아. 난초들 중에는 말이야, 꿀도 향기도 없으면서 다른 난초들이랑 똑같은 꽃을 피워서 꿀이 있는 척 곤충들을 속

이는 게 있어. 완벽하게 똑같이 만들어야 속을 테니까. 난초도
그러는데, 새롬이라면 완벽한 연극을 위해서 그 정도 위험은
감수하지 않을까?"

"아마도, 다 먹겠지."

태정이는 고개를 끄덕였다.

"위험하지 않을까?"

"그렇진 않을 거야."

"어떻게?"

하빈이가 태정이의 대답을 기다렸다.

"내가 준 거, 비타민이거든."

새롬이는 주머니에 손을 찔러 넣은 채로 집을 향해 종종걸
음을 쳤다. 주머니 안에서 손가락을 꼼지락거려 보았다. 특히
길이가 보통 애들의 반 정도밖에 안 되는 엄지손톱이 제일 마
음에 안 든다. 세로보다 가로가 긴 엄지손가락은 욕심 많은 할
머니처럼 혐오스럽다.

'혹시 진석 오빠가 내 손이 너무 못생겨서 헤어지자고 한 건
가?'

문득 이런 생각이 들자 가슴이 철렁 내려앉았다. 그러고 보
니 진석 오빠는 새롬이에게 한 번도 반지를 선물한 적이 없다.

'아, 어쩌지? 이번에 소동을 벌인 다음에는 절대로 손을 보
여 주지 말아야겠어. 손을 꼭 병원 침대 시트 밑에 넣어 놓고

있을 거야. 그러면 내 손이 못생겼다는 거 기억하지 못할 거
야.'

진석 오빠 생각을 하자 새롬이는 선주가 물어본 말이 떠올
랐다.

"다시 사귈 거야?"

거기에 대해서는 새롬이도 나름대로 작전을 짜 둔 게 있다.

자기 때문에 죽으려고까지 했다는데, 그런 상황에서 여자를
그냥 방치한다는 건 남자답지 못한 행동이라고 생각할 거다.
그게 보통 남자의 상식이고, 진석 오빠는 보통 남자다. 그럴 때
새롬이는 자신의 장점인 연약한 여자의 모습을 최대한 활용해
서 진석 오빠의 마음을 완전히 사로잡을 생각이었다. 물론 어
느 정도 연기를 할 필요가 있을 것이다. 하지만 뭐 어떤가? 인
생이 모두 연기인데.

그렇게 해서 완전히 새롬이한테 빠져들게, 새롬이 없이는
못 살게 만들 생각이다. 매일매일 부대로 편지 보내 주고, 사랑
을 고백하고, 보고 싶다고 말하고, 그런 다음 새로 사귀기 시작
한 날부터 딱 100일째 되는 날 부대로 면회를 간다. 그리고 거
기서 차 버리는 거다.

그게 새롬이의 계획이었다. 상처로 말하자면 여고 시절에
차이는 것도 별로 좋지 않은 추억이겠지만, 입대한 지 얼마 안
돼서 차이는 것과는 비교가 안 될 것이다. 그러니까 이건, 복수
다. 한 대 맞았다고 해서 한 대를 되돌려주면 그건 복수가 아니

다. 한 대를 맞았으면 적어도 세 대는 때려 주어야 복수가 되는 거다. 시간이 지남에 따라 상처에도 이자가 붙는 법이니까.

새롬이는 이 계획을 머릿속에서 수십 번 뜯어고치고 혼자 대본을 써 가며 주인공이 되어 연습해 보았다. 마지막 순간에 할 말은 앞으로의 즐거움을 위해 남겨 두었다. 자기가 각본, 감독, 주연을 모두 맡은 영화에 출연하는 기분이다.

'정말 다 먹으면 많이 아플까?'

태정이가 준 알약을 다 먹으면 토할지도 모른다. 정말 괴로울 거다. 하지만 완벽한 연기를 위해서라면 다 먹어야 한다. 자신이 고통스러우면 고통스러울수록 상대가 느낄 죄책감도 커질 테니까.

그래,
난 예쁘게 보이고 싶어.
날 사랑하니까.
난 사랑받을 만하니까.
그게 뭐 어때?

처음이자 마지막 케이크

"태정아! 반장이 다른 심부름 가서 그러는데, 이거 5반 선생
님 책상에 좀 갖다 놓고 집에 갈래? 내가 지금 손님이 오셔
서."

종례를 마치고 청소 지도를 하던 담임 선생님이 태정이에게
서류철 하나를 주면서 말했다.

"그냥 갖다 드리기만 하면 돼요?"

"응. 퇴근하셨으면 그냥 선생님 자리에다가 올려만 놓고
가."

"네."

청소를 마친 태정이는 가방을 둘러메고 슬슬 계단을 걸어
내려가 교무실 앞에서 똑똑, 두 번 문을 두드렸다. 아무 소리도

들려오지 않았다. 태정이는 조심스럽게 문을 열고 5반 선생님 자리로 갔다. 서류철을 책상 위에 올려놓은 뒤 태정이는 무심코 교무실을 한 바퀴 휘 둘러보았다. 아무도 없었다. 갑자기 가슴이 두근거리기 시작했다. 기회가 찾아온 것이다. 태정이는 5반 담임 선생님 자리의 책꽂이를 눈으로 쓱 한 번 훑었다. 복잡하게 꽂힌 책과 파일들 가운데 하나가 태정이의 눈길을 끌었다. '2-5 학생 생활기록부'.

태정이는 주변을 한 번 더 둘러보고 책꽂이에서 생활기록부를 뺐다. 기록부가 빠져나온 자리로 옆에 꽂혀 있던 책들이 작은 소리를 내며 기울었다. 태정이는 마른침을 꿀꺽 삼켰다.

'전학을 왔으니 뒤쪽이겠지?'

태정이는 재빨리 기록부를 넘겼다. 짧은 시간이었지만 태정이에게는 한 시간처럼 길게 느껴졌다.

'여기 있다!'

지금보다는 통통하게 살이 오른 하빈이 사진이 왼쪽 위에 붙어 있었다. 사진을 한참 들여다보고 있는데 밖에서 무슨 소리가 들려왔다. 태정이는 주머니에서 볼펜을 꺼내 눈에 보이는 대로 급하게 손바닥에다 내용을 적었다. 발걸음 소리가 가까워지고 교무실 문이 드르륵 열리는 찰나, 태정이는 가까스로 기록부를 접어 다시 꽂아 놓을 수 있었다. 급히 넣는 바람에 원래 자리에 맞게 넣었는지도 알 수 없었다.

태정이는 재빨리 5반 선생님 책상에서 한 걸음 떨어져 열리

는 문을 보았다. 그런데 세상에! 문을 열고 들어온 건 하빈이
였다. 태정이 등에 한 줄기 식은땀이 흘렀다.

"태정아! 와! 여기서 만나니까 신기하다."

하빈이가 반갑게 인사했다.

"그러게. 넌 여기 어쩐 일이야?"

하빈이는 선생님 책상으로 가더니 이것저것 살폈다. 태정이
는 덜컥 겁이 났다.

태정이가 조심스레 물었다.

"뭐 찾으러 왔는데?"

"교무실 화분들에 물 주러 왔어. 여기 어디 주전자가 있었는
데. 선생님들은 화분을 선물 받아도 관리를 너무 못해. 식물이
화분에 갇혀 있는 건 아주 슬픈 일이야. 살아 있는 것들은 거대
한 우주와 모두 연결되어 있어야 해. 똑 떼어서 화분에 담아 두
면 무지 외로울 거야."

하빈이가 중얼거리는 동안 태정이는 어서 교무실을 나가야
겠다는 생각만 머릿속에 가득했다.

"어, 여기 있네."

하빈이는 책상 밑에 있는 주전자를 들고 교무실 앞 화장실
로 향했다. 태정이도 교무실을 나섰다. 멀리서 하빈이가 수도
꼭지를 트는 소리가 들렸다.

'어쩜 그 때 딱 나타나냐?'

집으로 돌아오는 길, 태정이는 손바닥에 휘갈겨 쓴 글자들

을 유심히 보았다.

1989. 12. 10.

하빈이의 생년월일이다. 소문대로 태정이보다 두 살 많은 건 확실했다. 하지만 주소 같은 건 별다를 게 없었다. 그냥 동네 아파트 단지 주소다.

'어? 근데······?'

뭔가 태정이의 눈길을 끄는 것이 있었다.

'2005년 화영고등학교 입학, 화영고등학교 2학년 3반? 그럼 중학교 때는 문제없이 다니다가 고등학교 2학년 때 끊었다는 얘기잖아. 왜 그랬을까? 근데, 화영고등학교라, 어디서 들어 본 것 같은데.'

집에 온 태정이는 인터넷에서 화영고등학교를 찾아보았다. 상계동에 있는 학교였다.

'상계동? 누가 거기 살았다고 한 것 같은데······.'

태정이는 곰곰이 생각해 보았다. 딱히 떠오르는 건 없었다. 하지만 분명히 무언가에 가까이 다가가고 있는 느낌이었다.

이번 시험은 정말 최악이었어. 선주는 고개를 설레설레 흔들며 걸었다. 시험이 끝난 지 나흘이나 지났지만 가라앉은 기분은 좀처럼 회복되지 않았다. 시험이 끝나자 친구들은 오랫동안 옥살이하다 풀려난 죄수처럼 한껏 자유로워 보였다. 영화 보러 가자, 옷 사러 가자, 들뜬 친구들 사이를 몸이 좋지 않다며 빠져나왔다. 사실 오늘도 학원 수업이 있긴 하다. 여러 학교 애들이 모여서 같이 듣는 수업이라 먼저 시험이 끝난 다른 학교 아이들은 벌써 수능 준비에 들어갔기 때문이다. 하지만 오늘은 가고 싶지 않다.

선주는 버스 정류장 앞에 서 있다가 눈앞에 정차한 버스에 몸을 실었다. 교통 카드를 찍고 빈자리에 앉아 가방을 무릎 위에 얹었을 때, 선주 입에서 작은 탄식이 새어 나왔다.

"어머, 나 좀 봐."

선주는 학원 쪽으로 가는 버스를 타고 있었다. 학원에 가고 싶지 않다고, 가지 않겠다고 생각했으면서도 습관적으로 익숙한 행동을 한 것이었다.

'사실 뭐, 딱히 갈 곳도 없잖아.'

선주는 체념하는 마음으로 창밖을 바라보았다.

학원 수업을 마치고 난 열 시. 선주는 평소에 타던 학원 버스를 타지 않고 집을 향해 걷기 시작했다. 가슴이 답답했다. 이번 중간고사 성적이 기대에 못 미치면 엄마는 집안 공기를 차갑게 떨어뜨릴 것이다. 늦은 시간이었지만 지하철역 번화가에는 사람이 많았다. 반짝거리는 불빛 사이로 방향이 분명한 사람들의 걸음이 이어졌다.

'다들 어디로 가는 걸까? 모두들 자신의 인생이 어디로 가는지 알고 있는 걸까? 나는, 내 인생은 어디로 가고 있는 걸까? 모르겠어. 정말 모르겠어. 아니, 아니야. 난 안전한 길로 가고 있는 거야. 그 끝은 몰라. 그냥 모두가 가는 길로, 엄마가 정해 준 길로 가면 되는 거야. 하지만, 그 길은 엄마가 원하는 길이지 내가 원하는 길이 아니잖아!'

자기도 모르게 솟구치는 상념들을 따라잡기라도 하듯 선주의 걸음이 빨라졌다. 그 때였다. 막 지나쳐 온 환한 불빛이 선주를 끌어당겼다. 뒤를 돌아서 불빛을 향해 갔다. 빵집이었다. 선주는 투명한 유리창 앞에 서서 진열된 케이크들을 바라보았다. 뭔가 번쩍, 온몸을 흔들었다. 그건 어떤 감정인 것도 같았고 깨달음인 것도 같았다. 선주는 주머니에 손을 넣어 휴대폰을 꺼내 보았다. 액정 속에서 오늘 날짜가 깜박였다. 10월 21일.

휴대폰을 쥔 선주의 오른손이 툭, 하고 힘없이 떨어졌다. 갑자기 눈물이 차올랐다. 10월 21일. 오늘은 언니 생일이다. 선주는 오후 내내 자신을 뒤흔든 감정이 무엇인지 이제야 알아차렸다. 그 감정의 정체는 그리움이었다.

이제 더 이상 언니를 위해 케이크를 만들 수도, 살 수도 없다는 사실이 선주의 가슴을 아프게 죄어 왔다. 선주는 천천히 집을 향해 걸으며 언니의 마지막 생일을 떠올렸다. 때로는 추억도 상처가 된다. 하지만 아프다고 해서 늘 상처를 버리고 싶은 것은 아니다. 상처로 남은 흔적이라도 붙잡고 싶은 날이 있다. 바로 오늘이 그런 날이었다.

선주와 선민이는 엄마가 집을 비우는 오후에 아줌마를 부엌에서 내보내고 둘이서 빵을 만들거나 쿠키를 굽곤 했다. 선주와 선민이의 그 은밀한 즐거움은 엄마에겐 절대 비밀이었다. 엄마가 알면 쓸데없는 일에 시간을 보낸다고 야단만 맞을 게 뻔했다. 그래서 엄마가 돌아왔을 때 남은 빵이나 과자는 아줌마가 만들어 준 걸로 되어 있었다. 칭찬에 인색한 엄마는 딸들이 만든 것인 줄은 까맣게 모르고 아줌마의 솜씨를 칭찬하곤 했다. 그 때마다 선주와 선민이는 몰래 웃음을 교환했다.

3년 전 언니의 생일, 둘은 엄마가 외출한 것을 확인하고 생크림 케이크를 만들기로 했다. 케이크를 만드는 건 처음이라서 선주는 가슴이 두근거렸다. 선민이는 우선 필요한 재료를 모두 식탁에 늘어놓았다. 처음이었지만 선민이는 달걀을 흰자와 노른자로 익숙하게 나누어 놓았다. 선주는 그 모습을 신기한 듯 바라보았다.

"근데 언니, 이걸 왜 나누는 거야? 지난번에는 안 나누고 그냥 했잖아."

"그래야 빵이 더 부드럽고 촉촉해지거든. 이번에는 정말 맛있게 만들어 줄게."

선민이는 빵을 만들 때 그 어느 때보다도 행복해 보였다. 선주는 기억하고 있었다. 언젠가 정말 맛있는 빵집을 열고 싶다던 언니의 들뜬 목소리. 하지만 선주도 선민이도 알고 있었다. 집에서는 감히 그런 말을 입 밖에 낼 수 없다는 것을. 그건 그러니까 그야말로 꿈이었다.

선민이는 핸드믹서로 노른자 거품을 만들기 시작했다. 거품이 날 것 같지 않던 질척질척한 노른자가 어느 순간 거짓말처럼 뽀오얀 레몬빛으로 부풀어 올랐다. 보고만 있어도 황홀했다. 거품을 낸 노른자에 밀가루와 베이킹파우더를 넣은 후 이번에는 흰자로 거품을 만들었다. 투명한 흰자가 눈처럼 하얗고 뽀송뽀송해지자 선민이는 설탕을 넣고 좀 더 거품을 냈다.

"자, 이제 이 둘을 섞을 거야. 거품이 부서지지 않게 조심조심 섞어야 해."

선민이는 흰자 거품을 노른자 거품이 있는 볼에 조심스럽게 옮겨 담았다.

"지금 이게 뭘들 하는 짓이야!"

귀를 찢을 듯 날카로운 목소리에 선주와 선민이가 화들짝 놀라 고개를 들었다. 주방 옆 작은 방에서 낮잠을 자던 아줌마도 놀라서 달려 나왔다.

"아이구, 사모님. 저녁 드시고 오신다더니……."

"아줌마, 아줌마가 애들한테 이런 걸 시켰어요?"

엄마의 날카로운 눈빛이 아줌마를 향했다.

"아니, 그게 저, 사모님 그게 아니라……."

"엄마!"

선민이가 엄마를 불렀다. 그저 엄마라는 두 음절에 불과했지만, 그 소리는 분노였고 반항이었다.

언니 목소리에 깃든 반항을 알아챈 걸까? 엄마가 말했다.

"선민이 너, 네 방으로 들어가."

그러나 언니는 방으로 들어가지 않았다.

"선주야, 버터 녹인 거 갖다 줘."

언니는 케이크 만들던 것을 계속했다. 선주는 아직도 그 순간이 거짓말 같다. 언니가 엄마에게 말대꾸하는 걸 한 번도 본 적이 없었다. 말대꾸는커녕, 언니는 엄마가 원하는 걸 엄마보다 더 잘 아는 딸이었다. 엄마를 거역한 적도, 엄마의 기대를 무너뜨린 적도 없는 언니였다. 그러니 그냥 넘어갈 수도 있었다. 하지만 언니는 그러지 않았다.

엄마가 주먹을 꽉 쥐었다. 엄마 손등 위로 푸른 힘줄이 보기 흉하게 불거져 나왔다. 선주는 어찌할 바를 모르고 어정쩡하게 서 있었다.

"당장 그만두지 못해!"

엄마는 다시 소리를 질렀다.

"선주야, 얼른 버터 갖다 줘. 거품이 다 꺼지잖아."

선민이는 엄마의 말을 듣지 못한 것처럼 반죽을 계속 섞었다.

"너 지금 엄마 말을 무시하는 거야?"

엄마는 결국 식탁으로 와서 선민이가 섞고 있던 케이크 반죽을 바닥에 내동댕이쳤다. 고운 레몬색 반죽이 하수구의 비누 거품처럼 추하게 일그러졌다.

선주는 선민이의 온몸이 분노로 흔들리는 걸 보았다. 거품을 섞던 주걱을 꽉 쥔 채로 선민이는 움직이지 않았다.

"아이구, 이걸 어째, 이를 어째."

아줌마가 부산스럽게 걸레를 들고 마룻바닥을 닦는 사이, 엄마는 방으로 들어가 버렸다. 언니의 열일곱 번째이자 마지막 생일은 그렇게 끝나 버렸다.

"왜 이렇게 늦게 왔니?"

집에 들어가기가 무섭게 엄마가 추궁해 왔다. 선주는 숨이 막힐 것 같았다.

"선생님한테 질문할 게 있어서 좀 늦었어요."

선주는 대충 둘러댔다.

"내가 학원에 전화해 봤다. 끝나자마자 나갔다던데? 너 시험 끝났다고 바로 해이해지면 안 된다고 내가 몇 번이나 말했니. 당장 중간, 기말만 점수 좀 나오면 된다고 생각하는 거니? 벌써 10월이야. 정신 차려. 너는 이제 고3이나 마찬가지야."

"엄마, 제발……."

선주는 애원하는 말투가 되었다. 오늘이 언니 생일이라는 것을 엄마는 정말 모르는 걸까? 엄마가 야속했다. 이젠 아무도 언니를 기억하지 않는다. 죽는다는 건 영원히 사라지는 것, 아무도 기억해 주지 않는 것이다. 다시는 볼 수 없는 언니를 향한 그리움이 엄마에 대한 격렬한 분노로 바뀌었다.

'엄마가 언니를 죽인 거야.'

잔인한 문장이 마음속에서 끝없이 메아리쳤다. 하지만 입 밖으로 나오지는 못했다. 선주는 비겁한 자신이 미워서 견딜 수가 없었다.

마음은 습관을 이기지 못한다

조회가 끝나고 담임 선생님이 태정이를 불렀다.

"태정아, 과학 선생님이 점심 먹고 교무실로 좀 오라고 하시던데? 너 뭐 잘못한 거 있니?"

태정이가 5반 선생님의 생활기록부를 몰래 훔쳐본 이튿날이었다. 태정이는 가슴이 철렁했다.

"잘못한 거 없는데요."

"그래, 일단 가 봐라."

과학 선생님은 교무실로 들어서는 태정이를 금방 알아봤다. 화난 표정은 아니었다. 선생님은 태정이를 상담실로 데리고 들어가 단도직입적으로 물었다.

"네가 어제 내 책상에 손댔니?"

갑작스러운 질문에 태정이는 할 말을 잃었다.

"아, 그게 저······."

"생활기록부를 본 것 같던데."

선생님은 주머니에서 무언가를 꺼내 태정이에게 주면서 말했다.

"이거, 네 거지? 이게 생활기록부 하빈이 페이지에 끼여 있더라."

태정이 볼펜이었다. 태정이는 머리가 아찔했다. 어제 급하게 생활기록부를 꽂아 놓으면서 볼펜을 미처 챙기지 못한 것이다. 이런 바보 같은 실수를 하다니.

'볼펜에 이름을 써 둔 것도 아닌데 어떻게······.'

태정이의 속마음을 읽기라도 한 듯 선생님이 말했다.

"책상 위에 그 봉투 가져다 놓은 심부름, 네가 한 거잖아. 너희 담임 선생님한테 들었어. 네가 어제 내 책상에 들른 마지막 손님이었어."

태정이는 고개를 푹 수그렸다. 선생님은 말없이 창가로 가셨다. 화를 가라앉히려는 건지 태정이를 외면하려는 건지 알 수 없었다.

"너도 하빈이가 좀 이상한 애라고 생각하는 거니? 그래서 뒷조사를 한 거야?"

선생님이 차분한 목소리로 물었다. 태정이는 정곡을 찔린 것 같아 어찌해야 할지 몰랐다.

"아뇨, 선생님. 그게 아니라."

"그런 거 아니야. 하빈이는 이상한 애가 아니란다. 물론 마녀나 천사도 아니고. 그냥 보면 좀 이상해 보일 수도 있겠지만, 사실 알고 보면 모든 게 생각보다 단순하단다. 다들 자신에게 최선인 방법으로 살고 있는 거야."

태정이는 고개를 푹 수그리고 상담실을 나왔다. 선생님은 태정이를 혼내지 않았다. 선생님은 하빈이에 대해 뭔가 알고 있는 게 분명하다. 하지만 말해 주진 않을 것이다. 그게 무엇이든 뭔가 있긴 하다. 도대체 하빈이는 어떤 애일까? 태정이는 골똘히 생각하며 걸음을 옮겼다.

복도 끝에서 낯익은 얼굴이 보였다. 선주였다. 태정이는 선주에게 다가갔다.

"안녕? 잘 지냈어?"

"응……."

선주는 기운이 하나도 없어 보였다.

"무슨 일 있어?"

태정이가 걱정스럽게 물었다.

"아니, 그냥."

선주가 힘없이 대답하자 태정이는 더 이상 묻지 않았다. 그러다가 문득 생각난 듯 다른 질문을 했다.

"너 중학교 3학년 때 이 동네로 이사 왔다고 했지?"

"응. 근데 그건 왜?"

"너 이 동네로 이사 오기 전에 어디 살았다고 했더라? 그 때 한 번 얘기한 것 같은데."

태정이의 질문에 선주는 얼굴색이 변하며 신경질적으로 물었다.

"그건 왜?"

"그냥, 궁금해서."

"그런 게 그냥 왜 궁금해?"

태정이는 선주의 방어적인 태도가 이상했다.

"너, 상계동 살았다고 하지 않았어?"

태정이가 다시 물었다.

잠시 둘 사이에 불편한 침묵이 흐른 뒤 선주가 입을 열었다.

"맞아. 근데 그게 왜 궁금하냐구."

분노를 삼키면 독이 되는 것일까. 어젯밤 선주가 엄마에게 말하지 못한 그 한 문장은 혈관을 타고 밤새 몸속을 돌아다니다가 결국은 심장에 가서 자리를 잡았다. 숨을 쉴 때마다 가슴이 아팠다. 선주는 학원을 빼먹고 집으로 갔다. 아줌마가 장을 보러 나갔는지 집은 비어 있었다. 텅 빈 집은 공룡의 뱃속처럼 서늘했다.

선주는 방으로 들어가 문을 걸어 잠그고 침대에 누웠다. 눈물이 났다. 슬펐다. 슬픔이 너무 커서 온몸을 다 감싸고, 침대를 뒤덮고, 방바닥으로 흘러내리는 것 같았다. 언니가 너무 보고 싶었다.

그 해, 엄마가 케이크 반죽을 엎어 버린 그 생일이 지난 후부터 언니는 조금 달라졌다. 전에 없이 방문을 걸어 잠그는 일이 생기면서 엄마가 소리를 지르며 문을 두드리는 일도 잦아졌다. 그렇지만 언니의 성적은 늘 최상이었다. 그래서 엄마도 아빠도 뭐라 하지 못했다. 한동안 아무 일도 일어나지 않았지만, 집안 분위기가 소나기 내리기 직전의 찌뿌드드한 하늘 같아서 선주는 늘 답답하고 조마조마했다.

사건은 겨울에 일어났다.

그 날도 토요일이었다. 아빠는 집에 일찍 들어왔고, 언니의 학원 보충수업도 취소되어 정말 오래간만에 네 식구가 함께 저녁 식탁에 둘러앉았다. 늘 엄마하고만 마주 앉아 저녁을 먹던 선주는 이상하게 기분이 들떠서 조잘조잘 평소에 잘하지 않던 이야기들을 늘어놓았다.

"공부는 잘돼 가니?"

선주의 말이 멈춘 사이에 아빠의 나직한 목소리가 선민이를 향했다.

"……."

언니는 질문을 못 들은 사람처럼, 그냥 조용히 밥을 먹었다. 침묵이 집 안 전체를 감싸고, 오직 언니가 밥을 씹는 소리만 크게 울렸다. 참다못한 엄마가 수저를 식탁 위에 소리 나게 내려놓았다.

"너, 아빠가 물어보시는데 왜 대답을 안 해?"

엄마의 화난 목소리에도 언니는 흔들림이 없었다. 선주는 가슴이 콩닥콩닥 뛰었다. 얼른 대답해, 언니. 선주의 초조한 마음이 언니한테 가 닿지 않았는지 선민이는 계속 밥만 씹고 있을 뿐이었다. 언니는 밥을 다 씹어 삼키더니 물을 한 모금 마시고 담담하게 말했다. 화가 난 목소리도, 억울해하는 목소리도 아니었다.

"엄마, 아빠. 난 의사가 되고 싶지 않아요. 사실 대학도 가고 싶지 않아요. 빵 만드는 걸 배우는 학원에 다니고 싶어요. 하지만 꼭 대학에 가기를 바라신다면 전문대학 호텔 외식조리과나 파티셰과에 갈래요."

엄마의 갈라진 목소리가 천장까지 가 닿았다.

"너 미쳤니? 그게 지금 제정신으로 하는 소리야?"

아빠 엄마는 물론이고 친척들, 심지어 엄마 친구들까지 당연히 선민이가 의대에 가고 언젠가 아빠의 산부인과를 물려받을 거라고 생각하고 있었다. 선주도 놀랐다. 언제나 부모님의 기대를 받아 온 언니였다. 의사, 멋있는 직업 아닌가. 물론 언니가 만든 빵은 뭐든지 맛있었고, 빵을 만들고 있을 때 언니가 가장 행복해 보였지만, 빵을 만들기 위해 의사가 되는 걸 포기하겠다니. 의사가 돼서도 빵은 취미로 만들 수 있을 것 같았다.

선주는 언니에게 조금 실망했다.

"그냥 하는 말이 아니에요. 오랫동안 생각해 온 거예요. 저는 제 손으로 뭘 만드는 게 좋아요. 그럴 때 제일 기분이 좋아요. 수학 문제를 풀 때가 아니라 밀가루 반죽을 할 때가, 누군가 제가 만든 걸 먹을 때가 행복해요. 엄마는 그런 거 모르겠죠. 한 번도 엄마 손으로 직접 우리에게 뭘 만들어 먹인 적이 없으니까요."

언니의 차가운 말에 아빠 엄마의 표정이 돌처럼 굳어졌다.

'그건 엄마가 나빠서가 아니라 엄마는 교수님이고, 그래서 바쁜 거잖아. 그 대신 늘 아줌마가 우리 먹을 걸 챙겨 주잖아. 그게 뭐 그렇게 중요해? 왜 언니는 엄마를 속상하게 하는 거야?'

선주는 저절로 엄마에게 마음이 기울었다. 엄마가 하라는 대로 하면 될 것을 분위기를 험악하게 만드는 언니가 싫었다. 언니가 엄마 심기를 건드려서 크리스마스 선물로 약속한 엠피스리를 받지 못할까 봐 불안해지기까지 했다.

지금이라면 알 수도 있을 것 같다. 자신의 인생이 밑그림이 다 그려진 색칠공부처럼 아무것도 선택할 수 없도록 꽉 짜여 있다는 사실을 받아들인 후의 그 숨막힘을. 어느 순간, 지금까지 걸어온 길이 완전히 잘못된 것임을 깨달았을 때, 철렁하고 바닥까지 내려앉는 마음을. 하지만 그 때 선주는 중학교 2학년, 그런 걸 알기에는 너무 어렸다.

긴 회유와 협박, 설득과 타협 끝에 선민이는 결국 이과에 가기로 했다. 엄마는 일단 의대에 붙어서 1년만 학교를 다니면 그 다음부터는 선민이가 무슨 짓을 하든 말리지 않겠다고 했다. 그렇게 선민이의 첫 번째 반항은 일단락되었다. 엄마는 방황하는 큰딸을 바른길로 이끌었다고 믿는 것 같았다. 선민이도 일단 약속한 것은 번복하지 않겠다는 듯이 공부에 매진했다. 과외 수업은 주말에도 이어졌고, 모든 게 정상으로 돌아간 것처럼 보였다. 언니가 제빵사 같은 걸 정말 하고 싶었을 리는 없다고, 그저 한번 투정 부려 본 것뿐일 거라고 선주는 생각했다.

그런데 선민이는 무언가 숨기고 있는 사람처럼 선주와 대화하기를 꺼리기 시작했다. 깊은 밤 선민이 방에서 종종 숨죽여 흐느끼는 소리가 들려오기도 했다. 선주는 언니의 굳게 닫힌 방문 앞에 망연히 서 있다가 문을 두드리지도 못하고 제 방으로 돌아오곤 했다. 두 살 터울이지만 늘 친구 같던 언니였다. 좋은 일에도 슬픈 일에도 늘 함께였다. 그런데 언니는 이제 선주가 모르는 다른 세상에 살고 있었다. 선주의 마음 한쪽이 서늘했다. 그렇게 가족 모두가 서로에게서 한 발짝 물러난 채로 그 해 겨울, 그리고 이듬해 봄이 지나갔다.

따르르르릉.
침대 속 깊이 몸을 파묻고 생각에 잠겨 있던 선주는 거실에서 들려오는 전화벨 소리에 눈을 떴다. 꼼짝도 하고 싶지 않았다. 선주는 이불을 머리끝까지 뒤집어썼다. 하지만 그 소리는 이불을 뚫고 선주의 몸에까지 와 닿았다. 그리고 팽팽한 혈관을 잡아당기는 것처럼 예리하게 신경을 자극했다.

따르르르릉. 따르르르릉.

전화벨은 계속해서 울렸다. 집 안을 쩌렁쩌렁 울리는 벨 소리에 멀미가 날 것만 같았다. 선주가 학원에 가지 않은 것을 알게 된 엄마 전화일 것이다. 벨 소리만 들어도 알 수 있다. 받고 싶지 않아. 받고 싶지 않아. 선주의 마음 저편에서 작은 외침이 들려왔다.

'그냥 밖으로 나가면 되는 거야. 아무것도 몰랐다는 듯이. 잠깐 도망갈 수도 있는 거야. 누구나 그럴 수 있는 거야.'

선주는 침대에서 일어났다. 전화벨 소리는 잠시 끊기는 듯싶더니 소리를 지르듯, 화를 내듯 다시 울렸다. 선주는 천천히 외투를 입었다. 몸에서 오한이 느껴졌다. 배도 고팠다.

'전화 안 받을 거야. 나갈 거야. 나가고 싶어.'

선주는 방문을 열었다.

따르르르릉. 따르르르릉.

방문을 열자 전화벨 소리가 두 배는 더 크게 들려왔다. 이상한 일이었다. 분명히 밖으로 나가려고 했는데 방을 나서자 선주는 저절로 소파 옆 전화기가 놓인 협탁 쪽으로 걸어가고 있었다. 결국 마음이 습관을 이기지 못하는 것일까? 영영 달아날 수 없는 걸까? 선주는 수화기를 집어 든 자신의 손을 멍하니 바라보았다.

"여보세요."

선주 목에서 힘없이 갈라진 소리가 흘러나왔다. 들어 보세요, 난, 지금 너무 힘들어요, 잠깐만, 잠깐만 쉬게 해 줘요, 조금만 이해해 줘요, 라고 용기 내어 말할 수 없다면 지친 목소리로라도 전하고 싶었다. 하지만 너무나 잘 알고 있다. 이해받을 수 없다는 것을.

"너, 미쳤니? 학원도 안 가고, 전화기도 꺼 놓고. 지금 집에서 뭐 하는 거야?"

"몸이 좀 안 좋아서⋯⋯."

엄마의 추궁에 죄 지은 사람처럼, 변명하듯 말하는 자신이 싫다.

"어디가 어떻게 아픈데?"

"그냥 감기 기운이 좀⋯⋯."

"그러게 컨디션 조절을 잘해야 된다고 내가 몇 번이나 말했니? 약상자에서 감기약 꺼내 먹고 좀 쉬다가 2교시 수업 시간에 맞춰서 학원 가. 1교시 수업 못 간 건 김 선생님이 보강해 주기로 했으니까 가서 약속 잡고."

할 말을 마친 엄마는 선주의 대답 따위는 들을 필요도 없다는 듯 딸깍, 먼저 전화를 끊었다.

도망갈 곳이 없는 것 같아. 선주는 주섬주섬 책을 챙기며 생각했다. 어떻게 하면 좋을까. 어떻게 할 수 있을까. 계속 이렇게 살아야 하는 걸까? 선주의 머릿속에 문득, 하빈이와 태정이 그리고 새롬이가 떠올랐다. 내일이면 사이프러스에서 그 애들을 만난다. 그 애들은 원하는 걸 얻기 위해 뭔가를 하고 있다. 그 사실이 선주에게 위안이 되었다. 원하는 걸 가지려면 우선 원하는 게 뭔지를 알아야 한다. 선주는 아직도 자기가 뭘 원하는지 모른다. 하지만 원하지 않는 게 무엇인지는 분명히 알 것 같았다. 지금처럼 계속 살아가는 것, 그게 미치도록 싫다는 건 확실했다.

태정이는 사이프러스의 낡은 철문을 열었다. 익숙한 풍경이 눈앞에 펼쳐졌다. 가을이 깊어 가고 있었다. 태정이는 사이프러스를 천천히 둘러보며 화분 사이의 길을 걸었다. 쑥쑥 자라는 해바라기는 여전히 태양을 향해 있고 사이프러스 아줌마가 쑥부쟁이라고 이름을 알려 준 보라색 꽃은 이제 서서히 지고 있다. 주황색 한련화는 이제 마지막 꽃을 내놓듯 앞다투어 얼굴을 내밀고, 옥탑방 벽을 타고 올라가고 있는 분홍색 나팔꽃도 인사하듯 활짝 피었다. 그 모든 화초와 들꽃들이 반듯한 화분 대신 깨진 그릇이나 낡은 양동이, 구멍 뚫린 스티로폼 통에서 끄떡없이 자라는 것도 익숙하다.

태정이가 옥탑방 뒤로 돌아가자 하빈이 뒷모습이 보였다. 하빈이는 엔젤윙베고니아 앞에 쭈그리고 앉아 있었다. 하빈이

와 날개 화분. 늘 보던 광경이지만, 오늘따라 말을 걸듯 화분에
바싹 붙어 있는 하빈이가 쓸쓸하게 느껴졌다.

'하빈이 쟤, 처음부터 우리가 벌일 일을 누구에게 일러바칠
생각은 없었던 것 같아. 그냥 우리랑 친구가 되고 싶었던 걸
까? 왜 하필 우리지?'

"왜 여기 서 있어?"

새롬이가 문을 밀고 들어섰다.

"응? 나도 지금 막 왔어."

새롬이와 태정이가 함께 자리에 앉았다. 둘을 발견한 하빈
이가 다가왔다.

"사이프러스 식물들은 가을을 맞을 준비를 거의 다 했어. 이
제 곧 가을꽃도 다 지고 열매를 맺을 거 같아. 근데 새롬이 너
는 준비 다 한 거야?"

하빈이가 지나가는 말로 물었다.

"그럼! 완벽 준비!"

새롬이는 어깨를 으쓱했다. 완벽 준비 좋아하시네. 네 맘대
로는 안 될 거다. 태정이는 웃음이 터져 나오려는 것을 겨우 참
았다. 하빈이가 말했다.

"완벽 준비라니, 다행이네. 사실 꽃들도 늘 준비를 하고 있
거든. 싹이 나서 줄기를 만들고 꽃이 피는 것도 다 열매를 맺기
위한 준비인 거니까……."

"너 처음부터 우릴 말릴 생각이 아니었지?"

태정이가 하빈이의 말을 끊으며 물었다.

"뭐라고?"

하빈이가 당황해하며 물었다.

"너 처음부터 우리가 하는 일을 말리거나 할 생각이 아니었던 것 같아. 넌 알고 있었어. 우리가 진짜 죽을 맘은 없고 그냥 소동만 벌이려던 걸 말야. 넌 도대체 누구야?"

"난, 나는, 파견된 안전요원……."

"하빈아!"

태정이가 하빈이의 말을 잘랐다. 그리고 진지하게 말했다.

"하빈아, 이유는 모르겠지만 너 우리랑 친해지고 싶었던 거 아니야? 아니, 벌써 우리는 친구가 됐어. 그 동안 목요일마다 만났잖아. 다른 데서라면 못할 이야기들도 같이 했고. 네 엉뚱한 이야기들도 나는 다 마음에 들었어. 하지만 사랑이니 영혼이니 하는 뜬구름 잡는 이야기만 해서는 진짜 친구가 될 수 없어. 좋아하는 음식은 뭔지, 싫어하는 선생님은 누군지, 여기 오기 전에는 어디 살았는지, 그런 구체적인 것들을 알아 가는 게 친구가 되는 거 아니야? 네가 우리랑 친구가 되고 싶다면, 구체적인 너를 보여 줘."

하빈이가 변명하듯 입을 열었다.

"어? 난 진짜 천산데. 정말 안 믿는 거야? 나는 진짜 안전요원이야. 그래서……."

"하빈아, 니가 진짜 천사라면."

어느새 사이프러스에 온 선주가 테이블 옆에 서 있었다. 선주의 갑작스러운 등장에 놀란 셋의 눈길이 선주를 향했다.

"니가, 진짜 천사라면 말해 줘. 어떻게 해야 인생을 통째로 바꿀 수 있는지."

선주의 질문에 하빈이는 고개를 갸우뚱했다.

"너 왜 그래? 일단 앉아. 앉아서 얘기해."

태정이가 의자를 끌어다 선주를 하빈이 옆에 앉혔다.

"컴퓨터를 새로 켜듯이, 인생을 새로 시작할 수는 없어? 그 구슬인가 뭔가 그걸 좀 다시 고를 수는 없는 거야?"

선주의 목소리에는 울음이 섞여 있었지만, 눈물은 흘리지 않았다. 아무도, 아무것도 묻지 않았고 대답하지 않았다. 화면을 정지한 것처럼 모든 것이 멈추었다. 바람이 불어 사이프러스의 이파리들이 서로 몸을 비비는 소리만이 스산하게 들려왔다.

하빈이가 의자 등받이에 몸을 깊숙이 기대고 스르르 눈을 감았다. 바람 소리에서 무언가를 들으려는 것 같았다.

눈을 뜬 하빈이가 먼 하늘을 보며 느릿하게 말했다.

"인생을 새로 시작할 수는 없어. 하지만 네가 원한다면, 새로 발견할 수는 있어."

코끼리가 아카시아를 돕는 방식

　새롬이가 소동을 일으키기로 한 토요일 아침, 새롬이 엄마는 새롬이 방에 들어와 다짐을 받듯 물었다.

　"너 정말 안 갈 거야? 외할아버지가 너 얼마나 보고 싶어 하시는데."

　새롬이는 엄마의 눈길을 피해 이불을 뒤집어쓰고 베개에 얼굴을 파묻으며 대답했다.

　"안 된다고 했잖아요. 수행 평가 때문에 모둠별로 모여서 뭐해야 한다구. 엄마랑 아빠만 다녀오세요."

　"그래, 그럼 어쩔 수 없지."

　엄마는 아쉬운 듯 새롬이에게서 등을 돌려 방을 나갔다. 절뚝거리는 엄마의 걸음 소리가 유난히 크게 들렸다. 새롬이는 엄마에게 미안했다. 태정이 표현대로 '그깟 남자' 때문에 엄마를 속인다는 생각에 죄책감이 들었다. 하지만 새롬이는 곧 마음을 다잡았다. 그야말로 그깟 남자가 이렇게 사랑스러운 딸에게 상처를 주었다는 걸 안다면 엄마도 자신의 계획을 반대할 리 없다고 생각했다.

'복수할 거야. 꼭 후회하게 해 줄 거야!'

새롬이는 이불 속에서 주먹을 불끈 쥐었다.

새롬이는 부모님이 집을 나서는 기척을 들은 후에야 자리를 털고 일어나 화장실로 갔다.

새롬이는 거울에 비친 자기 모습을 잠시 바라보았다. 마음에 들었다. 손으로 머리를 한 번 쓸어 넘겨 보았다. 역시 예뻤다. 하지만 인상을 찌푸리지 않을 수 없었다. 머리를 쓸어 넘기는 뭉툭한 손이 마음에 들지 않는다. 새롬이는 방으로 돌아와 가방 깊숙한 곳에서 약병을 꺼냈다.

'설마 진짜 죽지는 않겠지?'

큰소리 땅땅 쳤지만 막상 당일이 되자 조금 겁이 났다. 하지만 죽진 않을 거다. 그래, 이건 어디까지나 연극이다.

'복수를 하고 나면 행복해질까?'

새롬이는 갑작스럽게 떠오른 물음을 떨쳐 버리려는 듯 머리를 질끈 묶고 방 안을 정리하기 시작했다. 오후에 진석 오빠가 올지도 모르는 방이다. 다시 사귀게 될 때를 대비해서 깔끔한 인상을 심어 주어야 한다.

방바닥에 흩어진 책들을 모아 책장에 꽂고 있을 때, 휴대폰에서 문자 도착을 알리는 신호음이 들렸다. 새롬이는 청소하던 손을 멈추고 휴대폰을 열었다. 태정이가 보낸 문자였다.

새롬이 작전에 문제 생김. 지금 모두 사이프러스로 올 것.

　　새롬이는 놀라 용수철처럼 튀어 올랐다.
　　"뭐야 이게? 작전에 왜 문제가 생겨?"
　　바로 태정이에게 전화를 걸었지만 전화기가 꺼져 있었다. 새롬이는 급히 옷을 갈아입었다. 갑자기 왜 작전에 문제가 생긴 건지 알 수가 없었다.
　　새롬이는 버스를 타고 학교 앞 사이프러스로 가면서도 시계를 보며 계산을 했다. 지금이 열 시. 뭔지 모르지만 그 문제를 해결하고 다시 집에 오면 열두 시. 방 청소하고, 깨끗이 씻고, 눈썹도 다듬고, 손톱 정리까지 다 하고 약을 먹으려면 두세 시. 그러면 원래 작전 시간인 한 시보다 한참 뒤에야 약을 먹을 수 있게 된다. 주말마다 패스트푸드점에서 아르바이트를 하는 진석 오빠는 아침 일곱 시에 출근해 열두 시까지 일하고 한 시까지는 쉰다. 그 쉬는 시간에 전화를 하려던 게 새롬이의 계획이었다.
　　"에이씨."
　　새롬이는 신경질적인 소리를 냈다. 버스에 탄 사람들이 흘끔거리며 쳐다봤지만 개의치 않았다.

사이프러스에 들어서서 태정이와 하빈이를 만나자마자 새롬이는 다짜고짜 물었다.

"뭐야? 뭐가 문제야? 시간도 없는데 전화로 얘기하면 되지 왜 오라 가라 해? 너희들 일 아니라고 막 이래도 돼?"

"일단 앉아 봐."

태정이가 말했다.

"근데 선주는?"

하빈이가 궁금하다는 듯 태정이에게 물었다.

"몰라. 문자는 보냈는데. 못 봤거나 그랬나 보지."

"빨리, 문제가 뭔지 얘기하래도!"

새롬이가 소리를 빽 질렀다.

"알았어. 좀 진정해."

태정이는 새롬이를 진정시켰다.

"내 말 잘 들어 봐. 화내지 마. 다른 의도가 있었던 건 아니니까. 나도 네 일이 잘 끝나기를 바라거든. 그래서 봉투를 연 거야."

새롬이가 벌떡 일어났다.

"뭐? 작전이 시작되지도 않았는데 왜 봉투를 열어? 이건 약속하고 다르잖아! 너 뭐야!"

"네 유서는 읽지도 않았어. 정말이야."

"그럼 왜, 왜 열었는데? 그리고 열었으면 연 거지 뭐가 문제야?"

"사실 나 같은 경우엔 내가 일을 벌이기 며칠 전에도 아빠랑 통화를 했으니 상관이 없었는데, 너는 그 진석 오빠라는 사람이랑 한 달 넘게 연락도 안 했다며. 그래야 효과가 극대화된다고 네가 그러지 않았어?"

"그래. 날마다 전화해서 징징대면 누가 좋아하겠어?"

"그래서 네가 잘못했다는 게 아니라, 한 달 동안 연락 안 한 사이에 전화번호가 바뀔 수도 있으니까, 내가 확인차 공중전화에서 전화를 해 봤어. 근데 여자가 받잖아. 나도 놀랐어. 그래서 네가 전화번호를 잘못 적어 준 게 아닐까 싶기도 하고……."

새롬이가 태정이 손에 든 봉투를 잡아챘다. 그리고 그 안을 뒤져 전화번호가 적힌 메모지를 꺼냈다.

"이거 맞아. 내가 어떻게 이걸 잘못 적겠어. 백 일 동안 매일매일 걸었던 번호인데."

새롬이는 눈물이 나려고 했다.

"전화기 줘 봐. 내가 걸어 볼 거야. 하빈아, 네 전화기 줘 봐."

하빈이가 말없이 휴대폰을 내밀었다. 새롬이는 번호를 천천히 꾹꾹 눌렀다. 틀리지 않게 몇 번이나 확인했다. 귀에 익은 음악이 흘러나왔다. 사랑의 롤러코스터 날 올렸다 내렸다 사랑의 롤러코스터 또 타고 싶어……. 요조의 목소리다. 진석 오빠는 요조의 청량한 목소리를 좋아했다. 들으면 기분이 좋아진다고 했다. 분명하다. 태정이가 번호를 잘못 눌렀어. 분명해.

"여보세요?"

수화기 저편에서 누군가 전화를 받았을 때, 새롬이는 자기도 모르게 휴대폰 폴더를 탁, 하고 닫아 버렸다. 여자 목소리였다. 태정이와 하빈이가 나란히 새롬이를 바라보았다.

'왜, 왜 여자가 받는 거지? 이 여자는 누구지? 오빠는 어디 간 거지?'

새롬이는 불길한 느낌을 지워 버리려 애썼다. 잘못 건 거야. 또 실수한 거라고. 새롬이는 심호흡을 하고 다시 휴대폰을 열었다. 그리고 다시 천천히 전화번호를 누르기 시작했다. 마지막으로 통화 버튼을 누를 때는 손가락 끝이 파르르 떨렸다. 익숙한 음악이 다시 흘러나왔다. 새롬이는 마른침을 삼켰다.

"여보세요?"

아까 그 여자 목소리였다. 뭐라 말을 해야 하는데, 새롬이는 입이 떨어지지 않았다.

"여보세요?"

여자가 다시 한 번 말했다. 반 옥타브쯤 올라간 음성이었다.

"저……."

새롬이가 겨우 입을 뗐다.

"네, 말씀하세요."

여자의 목소리는 성숙하고 차분했다.

"저기, 이 번호, 혹시 진석이 오빠 전화번호 아닌가요?"

"진석이 친군가 보구나? 난 진석이 누난데."

"아, 네. 안녕하세요?"

오빠에게 누나가 있었던가? 새롬이는 짧게 생각하면서도 예의 바르게 인사했다.

"진석이한테 건 모양인데, 어떡하지? 진석이가 지난주에 군대에 갔어. 그래서 당분간 이 전화기는 내가 갖고 있기로 했거든."

"네에?"

"몰랐나 보네."

"저기, 다음 달에 간다고."

"그게 진석이가 날짜를 잘못 알고 있었다지 뭐야. 그래서 그렇게 됐어. 어쩌지? 일단 부대 주소라도 알려 줄까?"

"아뇨, 괜찮아요……. 고맙습니다."

새롬이는 전화를 끊었다. 온몸의 피가 다 빠져나가 버린 기분이었다.

"왜? 어떻게 된 거야?"

태정이가 급하게 물었다.

"군대 갔대."

대답하는데 눈물이 났다. 새롬이는 진석 오빠가 군대를 간 게 슬픈 건지, 계획대로 일을 벌이지 못한 게 슬픈 건지 알 수가 없었다.

'도대체 내가 여태 무슨 짓을 한 거지?'

새롬이는 자신이 바보처럼 느껴졌다.

"너 아직 그 남자 좋아하는구나?"

하빈이가 물었다.

"그런 건가 봐."

새롬이는 자기도 모르게 인정하고 말았다. 그리고 알게 되었다. 지금 눈물이 나는 건 진석 오빠가 군대를 가서도, 계획대로 소동을 벌이지 못해서도 아니었다. 다만 오늘 아무도 자신을 만나러 오지 않기 때문이었다. 새롬이는 너무 비참했다.

"나 먼저 갈게."

새롬이는 자리에서 일어났다.

"야, 그러지 말고……."

하빈이가 새롬이를 잡으려고 하자 태정이가 탁자 밑에서 하빈이의 손을 잡아당겼다. 하빈이도 새롬이를 더 붙잡지 않았다. 새롬이는 주머니에 손을 넣은 채로 사이프러스를 나갔다.

"조심해서 가!"

낡은 철문을 여는 새롬이의 뒤통수에 대고 태정이가 인사를 했다.

새롬이가 사이프러스를 나가자마자 태정이는 잽싸게 일어나 난간으로 갔다. 잠시 후 건물 밖으로 나서는 새롬이의 모습이 보였다. 그리고 근처에서 서성거리고 있는 낯익은 남자애

의 모습도 보였다. 그 남자애가 새롬이 뒤를 따라갔다. 태정이
는 새롬이와 새롬이 뒤를 쫓는 남자애한테서 눈을 떼지 않았
다. 한 50미터쯤 움직였을까? 주춤주춤 망설이는 발걸음이던
남자애가 성큼성큼 새롬이에게 다가갔다. 새롬이가 남자애 쪽
으로 고개를 돌리는 모습이 보였다.

"됐어."

태정이는 자리로 돌아오며 혼잣말을 했다. 그리고 생각했다.

'서현태, 이제부터 네 몫이다.'

"다 네가 짠 거지?"

흐뭇한 표정의 태정이를 향해 하빈이가 물었다.

"뭐를?"

태정이가 천연덕스럽게 대꾸했다.

"그 남자 아직 군대 안 갔지? 네가 새롬이 자살 소동 못하게
하려고 그런 거지?"

"어떻게 알았어?"

"천사의 나팔이 진실을 말해 줬거든. 와, 너 참 대단하다. 어
떻게 그럴 생각을 다 했어?"

"뭘 그 정도 가지고."

태정이는 어깨를 으쓱했다. 하빈이가 순진한 표정으로 말
했다.

"동아프리카의 평원에는 우산 모양으로 자라는 아카시아가
있어. 그런데 그 식물에서 떨어진 씨앗이 말이야, 그냥 땅에 떨

어진 건 싹이 나지 않는데, 코끼리가 먹어서 배설물로 나온 씨앗에서는 싹이 트는 거야."

이건 또 무슨 소리야? 태정이는 신경이 곤두섰다.

"무슨 말이 하고 싶은 거야?"

하빈이가 고개를 약간 들어 올린 채 천천히 대꾸했다.

"땅에 떨어진 씨앗은 딱정벌레 애벌레들이 속까지 다 파먹어서 싹이 나지 않아. 아카시아 씨앗은 딱정벌레 애벌레들에게는 좋은 먹이거든. 하지만 코끼리가 딱정벌레 알이 들어 있는 아카시아 씨앗을 먹으면, 코끼리의 소화액이 애벌레를 죽이는 거야. 그리고 씨앗은 배설물에 섞여 나와서 싹이 트고 다시 아카시아 나무가 돼."

"그런 이야기를 왜 하는 건데?"

"멋지지 않니? 코끼리가 아카시아를 돕는 방식이 말이야. 코끼리는 아카시아를 도우려고 한 게 아니야. 그냥 먹이를 먹은 것뿐이잖아. 아카시아는 그냥 열매를 맺은 거고. 코끼리는 코끼리의 삶을, 아카시아는 아카시아의 삶을 살 뿐인데, 둘은 서로 자연스럽게 돕고 있잖아? 애쓰지 않고 각자의 삶을 살기만 해도 우리는 서로 돕게 되는 거야."

"그만! 그만하고 본론을 이야기해!"

이제 익숙해질 법도 한데 태정이는 번번이 하빈이의 횡설수설을 참기 힘들었다.

"그러니까, 너는 새롬이의 계획이 무모하다고 느끼고 나름

대로 머리를 써서 새롬이를 도우려 한 거겠지만……."

"그 남자는 새롬이 이름도 기억 못했어."

태정이가 발끈했다.

"아카시아에게도 코끼리에게도 자기 몫의 삶이 있듯이 그건 새롬이 몫이잖아."

"새롬이는 보기보다 마음이 여린 애야. 모든 걸 알면 너무 힘들어질 거라고."

"그건 그냥 네 생각 아닐까?"

"새롬이 계획은 너무 위험 부담이 커. 무모하고."

"네 계획은 안 그랬고?"

"나는 잘해 낼 수 있었다고."

"너는 잘할 수 있고, 새롬이는 안 되고? 좀 이상하다."

태정이는 할 말이 없었다. 하빈이가 말을 이었다.

"너, 지난번에 나에 대해 알고 싶다고 했지? 우리 중에 나를 제일 잘 모른다고 생각하니, 너는?"

도대체 얘는 무슨 말을 하고 싶은 걸까? 태정이는 하빈이를 뚫어져라 바라보았다.

"너는 새롬이가 많이 걱정되나 본데, 나는 선주가 걱정돼."

"선주는 똑똑한 애야. 걔는 적어도 무모하지는 않다구."

태정이는 겨우 대꾸했다.

"넌 선주를 잘 모르는 것 같아. 그런 애들은 웬만해선 자기를 잘 보여 주지 않거든. 텍사스 주에 있는 에버그린오크라는 나무는 뿌리가 21미터라서 키보다도 훨씬 크대. 때로는 보이지 않는 부분이 보이는 부분보다 더 강력하거든. 똑똑하고 신중해 보이는 선주 뒤에는 보이지 않는 선주의 다른 면이 있을 테니. 아, 그리고 나에 대해 궁금하다고 한 말, 친구가 되려면 구체적인 것을 알아야 한다고 한 것 말이야……. 네 말도 맞는 것 같아. 하지만 그냥 알려 주면 재미가 없잖아. 네가 문제 푸는 걸 좋아하는 것 같으니까 내가 단서를 줄게. 내가 왜 선주를 걱정하는지 알게 되면, 내가 누군지, 내가 왜 여기 있는지도 알게 될 거야. 물론 난 안전요원이지만, 지상의 신분이 없는 건 아니니까."

완전히 사라지지 않기 위해서

'내가 왜 선주를 걱정하는지 알게 되면, 내가 누군지, 내가 왜 여기 있는지도 알게 될 거야.'

사이프러스를 나선 태정이는 조금 전 하빈이가 한 마지막 말을 곱씹었다. 무슨 뜻인지 궁금하다. 태정이는 선주가 이사 온 동네와 하빈이가 다녔던 고등학교가 같은 동네라는 것부터 출발할 생각이었다. 지금으로서는 그게 태정이가 알고 있는 유일한 정보였다.

태정이는 근처 도서관 디지털 자료실로 가 인터넷 창을 열었다. 화영고등학교 2학년 3반. 하빈이가 이리로 전학 오기 전인 2006년에 마지막으로 학교 생활을 했던 곳이다. 그렇다면 단서는 거기서부터 찾아야 한다.

태정이는 인터넷 검색창에 학교 이름을 쳐 넣었다. 파란색의 학교 홈페이지 주소가 화면 위에서 반짝거렸다. 주소를 누르자 학교 공식 홈페이지가 떴다. 태정이는 여기저기 눌러 글을 읽었다. 화영고등학교는 사립이었다. 그렇다면 하빈이를 아는 선생님이 아직 그 학교에 근무하고 있을지도 모른다. 하지만 무작정 찾아갈 수는 없다. 하빈이에 대해 말해 줄 수 있는 사람을 찾아야 한다. 태정이는 화영고등학교 홈페이지를 구석구석 살펴보기 시작했다. 공지사항부터 자유게시판, 동문게시판까지 다 훑어보았다. 어딘가에 반드시 단서가 있을 것만 같았다.

"아니야, 여기에도 없어."

아무리 찾아도 도움이 될 만한 정보는 없었다. 하지만 그만둘 수는 없었다. 어깨가 뻐근하고 눈이 아팠다. 컴퓨터를 쓰기 시작한 지 1시간 50분이 지났다. 도서관 컴퓨터로 인터넷을 이용할 수 있는 시간은 두 시간, 화면 한쪽에 남은 시간을 알리는 붉은 빛이 반짝거렸다.

태정이는 마음이 급해졌다. 여기저기 급하게 누르다가 무심코 클릭한 건 '화영 소식'이라는 페이지였다. 태정이는 페이지를 뒤로 넘겨 2006년 무렵의 소식들을 찾아보았다.

태정이는 '2006년 환경미화 우수 학급'이라는 제목의 글을 눌렀다. 사진 몇 장과 함께 내용이 떴다.

2006년도 환경미화 우수 학급은 다음과 같습니다.

1학년 - 5반 전용일 선생님과 학생 여러분 축하드려요.

2학년 - 3반 김민정 선생님과 학생 여러분 축하드려요.

태정이는 흥분에 겨워 혼잣말을 했다.

"찾았다! 김민정 선생님. 이 선생님이 하빈이가 2학년 때 담임이었어. 이 선생님을 찾아가면 될 거야."

"선주야, 너 요즘 무슨 일 있니?"

담임 선생님 목소리에 근심이 어려 있었다. 방과 후, 교무실에 불려 온 선주는 아무 말도 않고 발끝만 내려다보았다. 자기 자신이 작게, 아주 작게 쪼그라드는 것 같았다. 교무실 안에는 선생님과 아이들의 목소리가 적당히 섞인 활기찬 분위기가 흘렀다. 선주에게는 없는 활기였다.

"이번에 성적이 너무 안 나왔어. 지금부터가 진짜 중요한데. 슬럼프야? 공부가 잘 안 돼?"

"죄송해요."

선주는 모기 소리만 하게 대답했다. 하지만 곧 의문이 들었다. 내 점수가 좋지 못한 걸 왜 선생님에게 미안해해야 하지?

"그래, 알고 있으면 괜찮아."

선주가 의심할 틈도 없이 선생님은 사과를 받았다. 그리고 선주의 어깨를 토닥이며 말을 맺었다.

"모의고사 때까지는 일단 수능 점수 올리는 데 집중하자. 힘든 일 있으면 언제든지 찾아오고. 자, 그럼 가 봐."

교무실을 나온 선주는 천천히 걸었다. 우습다. 나를 걱정하는 것처럼 말하지만 선생님이 걱정하는 건 내 점수다. 언니는 이럴 때 어떤 기분이었을까? 세상이 온통 나만 빼놓고 돌아가고 있는 것 같은 이 소외감, 언니도 느꼈을 것이다. 그게 이유였던 걸까? 선주는 간절하게 언니가, 그리고 그 해 여름이 생각났다.

그 해에는 더위가 일찌감치 찾아왔다. 선주는 중학교의 마지막 여름방학을 맞아 해양 캠프를 신청했다. 가까운 친구 몇몇과 함께 가기로 하고 그 날만을 손꼽아 기다렸다. 고등학교 2학년이 된 선민이는 방학 보충수업 때문에 놀러 갈 엄두를 못 내고 있었다. 선주가 보기에 언니는 모든 것을 받아들이고 있는 것 같았다.

캠프를 이틀 앞둔 날 밤, 선민이가 선주 방에 들어왔다. 그리고 초조한 표정으로 조심스레 말했다.

"선주야, 저기…… 너 그 캠프 안 가면 안 돼?"

선주는 당황했다. 생전 부탁 같은 건 하지 않던 언니였다.

"왜? 언니 왜 그러는데?"

"내가, 어디 좀 가려고 하는데, 같이 좀 가 주면 안 될까?"

"어디? 언니 어디 가는데? 엄마한테 비밀이야?"

선주는 왠지 그래야 할 것 같아서 목소리를 낮추어 물었다.

"응. 아직 말할 수는 없는데…… 좀 같이 가 줘."

"나 캠프 갔다 와서 같이 가자. 이번에 내 친구들 다 간단 말이야. 벌써 회비도 냈는걸. 근데 어디, 어딜 가는 건데?"

언니는 아랫입술을 살짝 깨물었다.

"아직 말할 수 없어. 그냥 묻지 말고 한 번만 같이 가면 안되니?"

선주는 어디를 가자는 건지 말도 하지 않으면서 자꾸만 조르는 언니에게 슬며시 짜증이 났다.

"어딘지 말도 안 해 주면서 자꾸 어딜 같이 가자고 그러는 거야? 왜 하필 내가 캠프 가는 날 그래? 그렇게 급한 일이면 엄마한테 같이 가 달라고 하시든지."

어디를 가는 건지 이야기해 주지 않는 언니를 향한 서운한 마음 때문이었을까. 선주는 말을 마치고 나서야 자기가 내뱉은 말 속에 숨어 있는 조롱을 알아챘다. 하지만 이미 선주의 말은 선민이 마음에 생채기를 냈다. 선민이의 표정이 딱딱하게 굳었다.

"그래, 그럴 줄 알았어. 우리 가족 중에 날 진심으로 믿고 지지해 주는 사람은 아무도 없지. 그래도 넌 날 이해해 줄 줄 알았는데. 결국 난 혼자구나."

말을 마친 선민이는 차갑게 돌아서서 자기 방으로 들어가 버렸다.

지금이라면 다르게 대처할 수 있었을까? 집으로 돌아온 선주는 베개에 머리를 파묻고 생각해 보았다. 아니, 그 때 내가 다르게 대처했더라면 모든 걸 다 바꿀 수 있었을까? 선주는 지난 2년 동안 수십 번 수백 번 했던 질문을 다시 떠올렸지만 언제나 그렇듯 답은 나오지 않았다.

선주는 결국 캠프에 갔다. 둘 사이에 냉랭한 기운이 흘렀지만 선주는 캠프를 포기하지 않았다. 캠프에서 사흘쯤 신나게 놀고 나자 언니에게 미안한 마음이 슬그머니 고개를 들었다. 돌아가는 길에 선물을 사 가지고 가서 미안하다 말해야겠다고 생각했다. 그러나 선주는 영영 그럴 기회를 얻지 못했다. 캠프를 떠난 지 나흘째 되는 날, 언니가 죽었다는 연락을 받았다.

선민이는 근처 산에서 시체로 발견되었다. 경찰은 폭행당한 흔적이 없고, 선민이가 사망한 곳이 추락사가 잦은 곳이기 때문에 사건을 사고사로 보았다. 하지만 선주는 언니의 죽음이 사고가 아니라는 사실을 알게 되었다. 책상에서 선민이의 유서를 발견했기 때문이다. 선주는 그 유서를 아무에게도 보이지 않고 혼자서만 간직하고 있었다.

선주는 어느덧 흐르고 있는 눈물을 훔치고 책상 서랍을 열었다. 몇 번이나 망설여졌지만, 이렇게라도 하지 않으면 마음이 무너져 녹아 내릴 것 같았다. 서랍 가장 안쪽에서 일기장을 꺼냈다. 선주는 떨리는 손으로 일기장 안에 든 유서를 꺼내 읽기 시작했다.

선주야.

오직 너에게만 보여 주기 위해 이 글을 써.

선주야, 나는 세상을 더 살 자신이 없어. 사는 게 시간이 갈수록 더 힘들어. 먹는 것도, 걷는 것도, 잠에서 깨어나는 것도, 누구랑 이야기하는 것도. 모든 게 너무 힘들어, 믿어지지 않겠지만. 다들 그냥 잘 사는 것 같은데, 다들 아무렇지도 않은 것 같은데, 왜 나만 이럴까?

남들 보기에는 내가 어떨까? 공부 잘하고 엄마 말 잘 듣는 그런 딸이겠지?

근데 너 아니? 그건 진짜 내가 아니야. 내가 아닌 내 가면이 웃고 공부하고 학교를 다니는 거야.

오래전부터 뭔가 잘못되었다고 느꼈는데, 나는 늘 용기가 없었지. 이제야 가면 안의 진짜 나를 알게 됐는데, 아무도 진짜 나에게는 관심이 없어.

얼마 전에 엄마가 캐나다 이모한테 전화하는 걸 우연히 들었어. 내 유학 수속을 밟고 있대. 너 알고 있었니? 혹시 너도 알고 있었는데 모른 척하고 있었니?

엄마는 처음부터 진짜 내 모습 따위에는 관심이 없었던 거야. 난 엄마를 믿었는데, 엄마는 나를 믿지도 사랑하지도 않은 거지.

나는 엄마를 이길 자신이 없어. 그렇다고 엄마가 원하는 대로 꼭두각시처럼 그렇게 사는 것도 싫어.

어디에도 길이 없어.

나는 사는 데 필요한 기술이 없나 봐. 사는 동안 나는 아무것도 선택하지 못했어. 엄마가 원하는 대로 살았지. 남들이 바라는 대로 살았어.

사는 동안 그랬으니 이제 됐어. 죽는 건 내 맘대로, 내가 선택을 할래.

고마워 선주야, 그래도 네가 있어 행복했어. 그래서 또 미안해. 안녕.

너를 너무나 사랑하는,
선민이가

편지를 든 선주의 손이 심하게 떨렸다. 마지막 줄 '그래서 또 미안해. 안녕.'을 읽을 때 결국 선주는 다시 울음을 터뜨리고 말았다. 언니의 장례식을 치르고 온 이튿날 밤, 책상 밑에 스카치테이프로 붙여져 있는 언니의 유서를 발견했던 그 순간을 선주는 잊을 수 없었다.

선주는 생각했다. 자신의 인생은 둘로 나뉘어 있다고. 언니의 유서를 발견하기 전과 그 후. 선주에게는 그것밖에 없었다. 선민이의 유서를 발견하고 난 뒤, 선주는 껍데기만 남고 알맹이는 어디론가 증발해 버린 것만 같았다. 알맹이가 사라진 선주는 선민이가 되어 살아가고 있었다. 이어달리기 주자처럼 선민이가 미처 다 살지 못한 인생의 바통을 이어받아서 말이다. 그 날 이후, 선민이가 지고 있던 삶의 무게가 모두 선주의 몫이 되어 어깨를 내리눌렀다.

'진짜 나는 어디로 간 거지?'

선주는 선민이의 편지를 서랍 깊은 곳에 넣으며 자신에게 질문을 던졌다. 영원히 답을 찾을 수 없을 것이라 생각했던 무거운 질문이었다.

언니의 마지막 편지를 다시 읽은 지금, 선주는 잠깐, 죽어 버린 언니가 부러웠다. 어쨌든 선민이는 자신의 진짜 모습을 조금이라도 만났던 거니까. 선주는 자신도 가면 속에서 살아가고 있다는 것을 깨달았다. 그렇지만 가면을 벗기는 두렵다. 진짜를 만나려면 용기가 필요하다. 선주에겐 힘이 될 무언가가 필요했다.

선주는 옷장으로 갔다. 언니가 죽고 난 뒤 엄마는 언니의 물건을 모두 버렸다. 선주를 위해서라도 선민이의 흔적을 빨리 지워야 한다고 했다. 선주는 언니를 조금 더 간직하고 싶었지만, 밀린 빨래를 해치우는 사람처럼 급하게 선민이 방을 정리하는 엄마 주위를 서성거리며 물건 몇 개를 챙겼을 뿐이다.

선주는 옷장 속 깊은 곳에 숨겨 둔 상자를 꺼내 책상 위에 올려놓았다. 엄마는 선주가 이 상자를 쓰레기 더미 속에서 다시 찾아왔으리라고는 상상도 못할 것이다. 선주는 상자를 열었다. 낯익은 수첩들과 언니가 좋아하던 작은 토끼 인형, 지우개 달린 연필 몇 자루, 증명사진 두 장 그리고 한 장의 엽서. 그

엽서 속 그림이 바로 고흐의 '사이프러스 나무가 있는 밀밭'이다. 언니는 이 그림을 좋아했다. 보고 있으면 너른 들판에 서 있는 것 같다며 방문 안쪽에 붙여 놓았었다. 언니가 죽고 난 후 선주는 그 엽서를 떼서 제일 먼저 상자에 담았다.

선주는 엽서를 들고 사이프러스, 라고 작게 소리 내어 보았다. 가슴속에서 그리움이 물결처럼 번졌다. 선주는 엽서를 자기 수첩 사이에 끼웠다. 그리고 언니의 증명사진을 한참 들여다보았다. 그 해 여름에 찍은 사진 같았다. 갑작스럽게 증명사진은 왜 찍었던 걸까? 선주는 문득 궁금해졌다.

"너 지금 뭐 하고 있는 거니?"

새된 목소리가 작은 방 안을 울렸다. 엄마였다. 선주는 화들짝 놀랐다. 분명히 문을 잠갔다고 생각했는데. 선주는 할 말을 잃고 엄마를 빤히 바라볼 뿐이었다.

"너, 어떻게 이걸 다시……."

엄마 목소리는 화가 났다기보다는 공포에 질렸다는 편이 더 맞았다. 선주는 아무 말도 못하고 일단 상자를 덮어 끌어안았다. 갑자기 눈물이 났다.

"그거 이리 내놔. 당장 갖다 버리게 내놔!"

엄마가 차갑게 말했다.

"너, 지금이 얼마나 중요한 시기인데 아직도 그러고 있어? 언제까지 죽은 언니를 붙들고 있을 거야?"

뾰족한 가시 같은 엄마의 말이 선주의 가슴을 찌르고 말문을 터뜨렸다.

"엄마는, 언니가 왜 죽었는지도 몰라. 언니가 죽든 말든, 엄마한테는 아무렇지도 않았던 거야."

엄마가 무섭게 선주를 노려보았다. 선주는 멈추지 않았다.

"공부 잘하는 언니가 죽어서 아까웠겠지. 그래서 이젠 언니 대신 나를 언니처럼 만들고 싶어 하는 거잖아!"

엄마 눈가에 살짝 물기가 어리는 것 같았다. 선주는 차라리 엄마가 울어 주기를 바랐다. 하지만 엄마는 곧 냉정을 되찾았다. 엄마는 선주에게 성큼 다가오더니 억센 손길로 와락, 상자를 빼앗았다.

"네가 상상하고 싶은 대로 상상해. 지껄이고 싶은 대로 지껄이고. 하지만 이런 걸 집에 두고 질질 짜고 있는 꼴은 못 본다. 정신 차려. 니가 이렇게 감상적이 돼서 시간을 낭비하고 있는 동안 다른 애들은 저만치 앞서 가고 있는 거야. 정 버리기 싫다면 내가 보관해 주마. 대학에 붙으면 그 때 다시 돌려줄 테니 이제 그만해."

말을 마친 엄마는 나가 버렸다. 선주는 그대로 침대 위에 쓰러져 베개를 끌어안고 한참을 울었다. 더 이상 울 수 없을 만큼 울고 나니 물기가 다 빠져나간 마음이 사막처럼 버석거렸다. 모래성이 파도에 허물어지듯 상처받은 선주의 마음도 자꾸만 무너져 내렸다. 이대로 무너지다간 마음이 모두 사라질 것 같았다. 완전히 사라지지 않기 위해서는 뭐라도 해야만 했다. 선주의 감은 눈꺼풀 안으로 태정이, 하빈이, 새롬이의 얼굴이 떠올랐다. 선주는 휴대폰을 꺼내 문자를 보내기 시작했다.

착한 사람이 모두 바보는 아니야

선주는 천천히 교문 밖으로 나왔다. 가방 안에 무거운 마음이 고스란히 담겨 있어서일까. 평소와 다름없는 가방인데 누가 내리누르기라도 하듯 무거웠다. 선주는 사이프러스로 가는 시간을 되도록 늦추고 싶었다. 가방 안에는 커다란 노란 봉투가 들어 있다. 그리고 봉투 안에는 지난 주말부터 몇 번을 고쳐가며 공들여 적은 유서와 함께 자살 장소와 시간, 방법을 적은 종이 그리고 엄마의 전화번호가 들어 있었다.

태정이와 새롬이를 결코 이해할 수 없다고 생각하면서도 선주는 지난 몇 달 동안 목요일마다 사이프러스로 향했다. 그리고 이제는 자신이 바로 그 소동을 벌이려 하고 있다. 선주는 이제야 어렴풋이 알 것 같았다. 사실 태정이와 새롬이가 부러웠던 거다. 원하는 것이 무엇인지 알고 어떻게 해서라도 원하는 것을 손에 넣으려는 생명력과 용기가. 이제 선주도 그러고 싶었다. 하고 싶은 말을 하고 슬프면 울고 기쁘면 웃고, 그렇게 살아 있는 사람처럼 살고 싶었다.

이번 소동이 마지막이니 이제 사이프러스에서 네 사람이 만날 이유도 사라지는 것과 다름없다. 선주는 아쉬웠다. 각자가 간직하고 있는 비밀과 이루어야 할 계획들 때문에 딱 그만큼만 서로를 알 수 있었지만, 비밀과 계획 없이 다시 만난다면 더 좋은 친구가 될 수 있을 것 같았다.

선주는 사이프러스의 문을 열었다. 벌써 하빈이, 새롬이, 태정이가 와 있었다. 셋은 선주를 반갑게 맞았다.

선주는 새롬이에게 짐짓 가볍게 물었다.

"너 결국 약 안 먹었다며?"

"어? 응. 그렇게 됐어. 지난 토요일에 오빠한테 전화했는데 벌써 군대 갔다잖아. 내가 죽는 시늉을 한다고 해도 군대 가 있는 남자를 데려올 수는 없을 테니 포기했지."

"새롬이 너 그거 안 하면 안 될 것처럼 난리더니 막상 일이 꼬였는데도 여유로운 표정이네?"

선주의 물음에 새롬이 대신 태정이가 새끼손가락을 흔들어 대면서 장난스러운 표정을 지어 보였다.

"이게 생겼거든."

"뭐어? 벌써? 야, 능력 좋다!"

"어우야, 왜 놀리고 그래."

새롬이가 손을 휘휘 내저었다. 그러더니 턱을 괴고 말을 시작했다.

"중학교 3학년 생일에 말이지, 그 때는 남녀공학이라서 남자애들이 나한테 선물을 많이 줬거든. 중학생이었으니까 머리핀이나 화장품, 귀걸이, 뭐 그런 게 대부분이었는데 종이로 만든 장미 바구니가 있었어. 진짜 장미처럼 얼마나 예뻤는지 몰라. 근데 도대체 누가 보냈는지 알 수가 없는 거야. 그래서 그 땐 그냥 넘어갔지. 그 해 받은 선물 중에서 최고였다고 생각했어. 근데 하필이면 진석 오빠가 군대 간 걸 알게 된 바로 그 날 그 주인공을 알게 된 거야. 너무 드라마틱하지 않니?"

"그래서, 사귀기로 한 거야?"

선주는 선뜻 이해가 가지 않았다. 2년 전 종이 장미를 보낸 주인공이 누군지 알게 됐다고 해서 그 애랑 사귀기 시작했다는 건 좀 웃기다.

"걔가 워낙 오랫동안 나를 좋아했다고 하니까 그냥 사귀어주기로 한 거지, 뭐."

새롬이는 대수롭지 않은 듯 말했다. 하지만 그것만이 이유는 아니었다.

"나한테 할 말이 뭔데?"

새롬이는 한참 생각한 뒤에야 말을 걸어온 남자애의 얼굴을 기억해 냈다. 서현태. 같은 중학교를 졸업한 애다. 있는 듯 없는 듯 존재감이 없어서 별 관심을 기울여 본 적 없는.

현태는 잠깐이면 된다며 얘기 좀 하자고 했다. 둘은 가까운 공원에 가 앉았다.

"너, 요만한 유리병에 주황색 알약 가득한 거, 그거 갖고 있지?"

"어, 네가 그걸 어떻게 알아?"

새롬이는 당황했다. 약병에 든 게 수면제인 것까지 아는 걸까?

"그거 태정이가 줬지?"

"어? 어."

"그거, 내가 준 거야. 우리 집이 약국이거든."

"아. 그런데 그게 나한테 있는지 어떻게 알았어?"

"그냥 그 때 태정이 태도가 좀 이상했고, 사실은 너도 우리 약국에 수면제 사러 왔었거든. 네가 날 못 알아봤지만. 그리고……."

"그리고 뭐?"

"음, 그게 일부러 그런 건 아닌데, 한 달쯤 전에 우연히 피시방에서 네가 뭘 검색하는 걸 봤어."

새롬이는 얼굴이 화끈 달아올랐다. 태정이가 작전을 시작하면서 새롬이도 괜찮은 자살 방법을 알아볼 생각으로 피시방에 가서 검색해 본 적이 있었다. 그 때 누군가 자기를 쳐다보는 기척을 느꼈지만 대수롭지 않게 넘어갔다. 그게 현태였다니.

"새롬아, 왜 하필 네가, 네가 죽을 이유가 뭐가 있어? 네가 자살을 생각한다는 게 믿어지지가 않아."

현태가 절실한 표정으로 말했다. 새롬이는 짜증이 확 밀려 왔다.

"그게 너랑 무슨 상관이야? 너한테 그런 얘기 들을 이유 없어. 나 갈래."

"너, 내가 만들어 준 종이 장미가 3학년 때 받은 선물 중에 가장 마음에 든다고 했잖아."

느닷없이 현태가 말했다. 새롬이가 멈추어 섰다. 종이 장미? 그 때 내 생일에 이름 없이 보내온 종이 장미 백 송이? 그게 얘가 만든 거야? 현태가? 새롬이는 머릿속을 바삐 정리해 보았다. 하지만 차갑게 말하는 건 잊지 않았다.

"그래, 그 장미 니가 만들어 준 거라고 치자. 그래서? 그게 내가 약을 먹겠다는데 말릴 이유가 되는 건 아니잖아? 난 네 얼굴도 기억나지 않아. 너야 내 얼굴을 보고 반한 거겠지만."

여기까지 말하고 새롬이는 슬쩍 현태의 기색을 살폈다. 이쯤 말하면 보통 남자애들은 기가 죽는다. 얼굴도 기억 안 난다는데, 자존심에 상처를 입었을 것이다. 그런데 어찌 된 일인지 현태는 눈가에 웃음을 띠고 있었다. 미간부터 둥글게 자리 잡은 눈썹, 커다란 눈, 웃음을 짓자 눈초리 주변에 번지는 잔주름까지. 순간, 그 모습이 새롬이의 마음속으로 들어왔다. 현태는 얼굴 가득 미소를 띠고 말했다.

"얼굴을 보고 반한 거라고? 그런 건 아니었는데."

새롬이는 당황스러웠다. 내가 예뻐서 좋았던 게 아니라고? 호기심이 일었다. 그래서 현태의 다음 말을 기다렸다.

"나는 네 얼굴을 보고 반한 게 아니야. 나는 너랑 얼굴을 마주친 적도 별로 없어."

"그럼 왜 날 좋아한 거야?"

현태는 망설이듯 잠시 뜸을 들이다가 입을 열었다.

"너 중학교 2학년 때 일성 봉사단이었지?"

새롬이는 머릿속을 뒤적여 보았다. 새롬이가 2학년 때 학교 이름을 딴 봉사단에 속해 있던 건 사실이다. 특별활동과는 별도로 구성되는 그 봉사단에 들어간 건 순전히 담당이었던 수학 선생님을 좋아했기 때문이다. 하지만 아무리 생각해 봐도 거기에서 현태와 같이 활동했던 기억은 나지 않았다. 새롬이는 의아하다는 표정으로 현태를 바라보았다.

현태가 말했다.

"맞아, 난 일성 봉사단은 아니었어."

"그런데?"

새롬이가 대답을 재촉했다.

"그 때 너네들 희망의 집으로 한 달에 한 번씩 자원봉사 나갔잖아."

"응. 그랬던 것 같아."

새롬이는 다시 기억을 더듬었다. 맞는 것 같다. 일성 봉사단은 한 달에 한 번 마지막 주 토요일, 시내에서 30분쯤 떨어져 있는 노인 복지시설에서 자원봉사를 했다. 그게 얼마나 오래 전 일인데 왜 그 때 일을 얘기하는 걸까? 봉사단이 희망의 집에 다니는 건 어떻게 알았을까? 혹시 스토킹? 새롬이는 기분이 나빠졌다.

"사실, 우리 이모할머니가 거기 계셨어. 그래서 나도 가끔 갔거든."

그런 거였구나. 새롬이는 불쾌한 마음이 조금 가셨다.

"어느 날 이모할머니랑 벤치에 앉아 있는데, 노란 스카프를 맨 할머니를 휠체어에 태워 밀고 가는 여자애를 봤어. 근데 그 애가 나랑 같은 학교 교복을 입고 있어서 깜짝 놀랐지."

"아, 숙자 할머니!"

새롬이는 그 때 돌봐 드렸던 할머니의 이름을 떠올렸다. 할머니는 노란 스카프를 좋아했다. 산책을 나갈 때면 꼭 그 스카프를 어깨에 둘러 달라고 했었다. 마음 한구석이 아려 왔다.

"너, 항상 그 할머니 모시고 산책 나오곤 했지? 그런 네 모습이 무척 예뻐 보였어."

현태는 뭔가 오해하고 있다. 현태가 자기를 착한 아이로 여기는 것 같아서 새롬이는 마음이 불편했다. 하지만 진실을 말하는 것도 쉽지 않다. 진실의 이면에는 언제나 상처가 있게 마련이다. 어떻게 해야 할까?

새롬이는 침을 한 번 삼키고 말을 시작했다.

"현태야. 그건 말이지, 숙자 할머니는 소아마비 때문에 오랫동안 목발을 짚고 다니셨어. 그러다가 나이가 많이 들어서 목발을 쓰기 힘들어지니까 휠체어를 타신 거야. 우리 엄마가 소아마비로 다리가 불편하셔. 그래서 그냥 엄마 생각이 나서 그랬던 거야. 내가 착해서 그런 거 아니고."

그 말을 들은 현태가 씩 웃으며 말했다.

"아, 그래서 봉사단 활동이 끝난 3학년 때도 한 달에 한 번씩은 숙자 할머니한테 갔구나?"

"너, 그걸……?"

"우리 이모할머니랑 숙자 할머니랑 친구였거든. 이모할머니는 작년에 돌아가셨지만."

"어쨌든 난, 네가 생각하는 것처럼 착한 애 아니야. 난 착하고 바보 같은 사람은 되고 싶지 않거든."

말을 마치고 나니 기분이 이상해졌다. 몸에서 바람이 빠져나간 것처럼 마음이 싸했다. 잠시 침묵이 흘렀다.

현태가 입을 열었다.

"새롬아, 착하다고 해서 꼭 바보 같은 건 아니잖아."

현태의 다정한 말에 콧날이 시큰해졌다. 새롬이는 엄마 얼굴이 떠올랐다. 다리를 저는 엄마, 착한 엄마, 바보 같은 엄마……. 그렇게 되기 싫을 뿐이다.

"하지만 난, 난 아니야. 착한 것 따위는 싫어. 난……."

새롬이의 목소리가 가늘게 떨리는 그 순간, 현태의 오른손이 무릎 위에 놓인 새롬이의 왼손을 부드럽게 감쌌다.

　새롬이는 깜짝 놀랐다. 아, 왜 손을 주머니에 넣지 않은 거지? 바보같이 왜 그걸 잊은 거지? 아니, 그보다도 얘가 지금 뭘 하는 거야?

　"네가 예뻐서 인기가 많다는 거 나도 알아. 정말 넌 예뻐. 하지만 나한테는 숙자 할머니를 돌봐 주던 네 모습이 잊혀지지 않았는걸. 그런 네가 죽으려고 한다는 게 난 믿어지지 않아."

　현태는 새롬이의 손을 놓지 않았다. 새롬이는 현태가 하는 말이 귀에 들어오지 않았다. 그저 자기 손을 감싸고 있는 부드러운 느낌에 온 신경이 가 있을 뿐이었다. 그러면서도 차마 제 손을 내려다보지 못하고 멀리 허공으로 눈길을 주었다.

　'이상할 거야. 뭉툭하고 보기 싫으니까. 내 손을 본다면 잡은 손을 슬쩍 빼겠지?'

　말을 마친 현태가 고개를 숙이는 게 느껴졌다. 새롬이는 자기 손으로 쏟아질 시선을 막기 위해 엉겁결에 현태의 왼손 위로 자기 오른손을 올려놓았다. 현태의 손등은 아기 피부처럼 매끄러웠다. 새롬이는 곧 화들짝 놀랐다.

　'어? 이러면 내 못생긴 손이 더 잘 보이잖아.'

　현태가 새롬이 손을 바라보며 말했다.

　"너, 손 참 예쁘다."

　놀란 새롬이가 오른손을 주머니에 넣으려고 들어 올린 순간, 현태가 새롬이의 오른손 위로 다시 제 왼손을 올려놓았다. 따듯했다. 손을 잡는다는 건 참 기분 좋은 경험이었다. 새롬이는 현태의 손등 사이로 보이는 자기 손을 똑바로 바라보았다. 예뻤다. 이상하게도 참 예뻐 보였다.

"새롬아, 너 내 말 안 들어?"

"어? 무슨 얘기 했어?"

선주가 부르는 소리를 듣고서야 새롬이는 현재로 돌아왔다.

"너는 새로 연애도 시작했으니 어쨌든 성공이라고. 그러니 토요일에 나 제대로 도와주는 거 잊지 마."

"정말 하려구?"

태정이가 걱정스러운 표정으로 물었다. 하빈이 눈치를 힐끔 보면서.

"왜? 니들은 다 하고 나는 안 돼?"

"어쨌든 누구도 제대로 시도한 사람은 없잖아. 나는 사고 나서 못했고, 새롬이는 전화 받을 사람이 사라졌고."

태정이 말에 선주가 단호하게 대답했다.

"그래서 소동을 벌이지 못했지만 너희들은 원하는 걸 다 얻었잖아. 너는 아빠랑 화해했고, 새롬이는 새 남자친구를 사귀었고. 그런 소동을 벌이지 않고도 원하는 걸 얻을 수 있다면 나도 그렇게 할래. 하지만 나는 그럴 수가 없어."

"네가 원하는 건 뭐야?"

이번에 질문을 한 건 하빈이였다.

"엄마한테 해야 할 말이 있어. 하지만 우리 엄마는 그냥 말해서는 내 말을 듣지 않을 거야."

선주가 가방에서 봉투를 꺼내 새롬이에게 건네주며 말했다.

"시간은 토요일 오후 네 시. 장소는 우리 아파트 옥상. 난 너희들처럼 목을 매거나 약을 먹거나 그러지도 않을 거야. 그냥 떨어지는 척만 할 거야. 새롬아, 네가 엄마를 불러다 줘. 그리고 내가 쓴 유서를 엄마에게 전해 줘. 그냥 그걸 우리 엄마가 읽게만 해 주면 되는 거야. 그거면 된다구."

선주의 말이 끝나자 모두들 한동안 입을 열지 않았다. 겨우 입을 뗀 하빈이가 다짐을 받듯 물었다.

"떨어지는 척만 하기다. 알았지?"

"그럼, 물론이지."

선주가 당연하다는 듯 하빈이를 보고 웃으며 말했다. 태정이는 그제야 하빈이가 선주에 대해 걱정하는 게 뭔지 어렴풋이나마 알 것 같았다. 일이 잘못될까 봐 걱정하는 게 아니었다. 하빈이는 선주가 진짜 목숨을 버릴까 봐 걱정하고 있었다. 왜? 왜 하빈이는 그런 걱정을 하는 걸까? 태정이의 머릿속에 물음표가 하나 더 늘었다.

마지막 목요일이었다. 사이프러스를 나온 네 사람 모두 그걸 알고 있었다.

"선주 일까지 잘 끝나면 주말에 다 같이 엠티라도 갈까?"

헤어지기 아쉬워 쭈뼛거리며 서 있는데 새롬이가 명랑하게 말했다.

"좋지, 엠티."

태정이가 찬성했다.

"천사와 함께하는 엠티! 근사하네."

선주가 하빈이를 의식하며 말했다.

"너희들, 이제야 내 말을 믿는구나. 성공이다, 성공. 이번에 엠티 가면 내가 밤새 저쪽 세계에 대해 다 이야기해 줄게."

하빈이가 다시 장난스러운 표정을 지었다. 아무도 토를 달지 않았다. 하빈이가 진짜 천사든 아니든, 이제 그건 그다지 중요한 일이 아니었다.

"어쨌든, 그 동안 재미있었어. 선주 일까지 다 잘 끝나기를 바랄게. 나는 안전요원의 임무를 잘 수행한 것 같아. 어쨌든 이 그룹에서는 오류가 일어나진 않았으니까."

하빈이가 마지막으로 말을 마치고 나서야 네 사람은 뿔뿔이 흩어졌다. 선주와 새롬이 그리고 하빈이는 집으로 향했다. 그러나 태정이는 셋이 모두 떠난 뒤 지하철역으로 뛰어갔다.

그 해 여름

　지하철에서 내려 계단을 뛰어 올라가자 오른쪽에 패스트푸
드점이 보였다. 태정이는 그 곳으로 들어갔다. 창가에 20대 후
반으로 보이는 한 여자가 앉아 있었다. 태정이는 한눈에 김민
정 선생님인 것을 알아보았다. 짧은 커트 머리에 붉은색 뿔테
안경이 인상적이다.

　"안녕하세요. 김민정 선생님이시죠?"

　태정이가 인사를 하고 자리에 앉자 선생님이 안경을 밀어
올렸다. 그리고 불쾌한 기색을 감추지 않고 물었다.

　"넌, 누구니?"

　태정이는 최대한 예의 바르게 대답했다.

　"저는 성민여고 2학년 윤태정이라고 합니다. 갑자기 전화

드려서 죄송해요. 이렇게 나와 주셔서 감사하구요."

선생님의 언짢음이 조금 누그러진 것 같았다.

"그래, 하빈이 친구라고?"

"네."

"뭐가 문제지?"

"그게 그러니까, 지난번에 전화로 조금 말씀 드렸지만, 하빈이가 마녀라고 애들한테 따돌림을 당하거든요. 그래서 그게 아니라는 증거가 필요해요."

"그래서? 네가 알고 싶은 게 뭐니?"

선생님은 의아하다는 듯 다시 물었다.

"그러니까, 선생님이 하빈이 담임 선생님이셨잖아요. 하빈이가 어떤 애인지, 왜 2년 전에 학교를 그만두었는지 선생님은 잘 아실 것 같아서……."

태정이가 자신 없는 목소리로 말끝을 흐렸다. 자기가 생각해도 좀 이상한 질문이다. 선생님은 그런 태정이를 물끄러미 바라보다가 입을 열었다.

"하빈이한테 무슨 안 좋은 일이 생긴 거니?"

"아뇨. 그런 건 아니에요."

"근데 왜 애들이 하빈이를 마녀라고 하니?"

김 선생님의 눈에 걱정의 빛이 스쳤다.

"그게 말이죠. 사실 하빈이가 좀 이상하잖아요. 또 우리보다 나이도 두 살이나 많고요. 엉뚱한 소리를 하고, 말투도 이상하고 그러다 보니까……."

"그런 이유로 애들이 하빈이를 따돌린단 말이야?"

김 선생님이 화난 목소리로 태정이의 말을 잘랐다.

"아뇨. 뭐 심하게 따돌리고 그러는 건 아니에요."

당황한 태정이가 손을 내저으며 변명을 했다.

"너, 이름이 태정이라고 했지?"

"네."

잠시 침묵을 지키던 선생님이 결심했다는 듯 입을 열었다.

"이런 이야기를 내가 너한테 하는 게 맞는지 모르겠다만 그래도 너는 하빈이 편인 것 같으니 이야기를 해 줄게. 비밀을 지켜 줬으면 좋겠어. 약속할 수 있니?"

태정이는 의자를 바싹 당겨 앉으며 말했다.

"네, 약속할 수 있어요."

"2년 전, 그 때가 내가 선생님이 된 지 3년째 되는 해였어. 그리고 담임을 맡은 건 처음이었지. 그 해, 우리 반이 좀 특별했어. 그 해 여름 일들을 생각하면 지금도……."

"여름에, 그 해 여름에 무슨 일이 있었는데요? 그게 하빈이랑 관련이 있는 일이었나요?"

태정이가 말을 끊고 질문하자, 김 선생님이 살짝 눈살을 찌푸렸다.

"죄송합니다. 궁금해서 그만."

"그 해 여름방학 보충수업을 할 때였지. 목요일이었나. 분반

해서 수업하는 중이었는데. 우리 반 애 하나가 헐레벌떡 내가 수업하고 있는 교실로 오더니 하빈이가 발작을 일으켜서 쓰러졌다는 거야. 당장 달려가 119 부르고, 하빈이는 바로 병원으로 실려 가서 입원했지. 근데 바로 그 이튿날……."

선생님은 말머리를 꺼내 놓고 주춤했다. 선생님의 망설임을 눈치챈 태정이가 말했다.

"이튿날 무슨 일이 있었는데요? 아무에게도 이야기하지 않을게요. 말씀해 주세요, 선생님."

선생님은 태정이를 똑바로 바라보며 마른 입술에 침을 발랐다. 그리고 이야기를 계속했다.

"하빈이가 쓰러진 다음 날 우리 반에서 제일 공부 잘하는 녀석이 갑자기 실종됐다는 거야. 목요일까지 말짱하게 학교 와서 공부했는데 말이지. 아무리 전화를 걸어도 휴대폰은 꺼져 있었어. 경찰서에 신고 들어가고 부모님이 찾아오시고 난리가 났는데, 결국 토요일에 근처 산에서 시체로 발견됐어. 이틀 사이에 그런 일들이 다 일어난 거야. 학교가 온통 뒤숭숭했지."

태정이는 머릿속이 뒤죽박죽 혼란스러워졌다. 이게 다 무슨 소리지? 무엇부터 물어봐야 할지 모를 지경이었다. 태정이는 겨우 가장 중요한 것 같은 질문을 생각해 냈다.

"하빈이가, 아픈가요?"

태정이의 질문에 잠시 생각에 잠겼던 김 선생님이 천천히 입을 열었다.

"하빈이, 백혈병이야. 초등학교 다닐 때 발병했다는데. 중학교 때도 유명했다더구나. 어린 게 병원 다니느라 얼마나 힘들었으면, 몇 번이나 죽으려고 손목을 긋는 걸 그럴 때마다 엄마가 발견해서 겨우 살려 놨다더라. 그러니까 걔가 좀 이상해 보여도 이해하렴. 우리 학교 다닐 때 나도 제대로 챙겨 주지 못한 같아서 가끔 생각하면 마음이 안 좋거든."

선생님은 이제 할 말을 다 했다고 생각했는지 자리에서 일어날 분위기였다.

"너희 학교 애들이 하빈이가 아픈 걸 몰랐으니 이상한 애라고 따돌릴 수도 있겠단 생각이 들긴 해. 하지만 아프다 해도 다른 애들이랑 다른 건 하나도 없어. 그러니⋯⋯."

갑자기 태정이의 머리를 스치는 것이 있었다. 태정이는 어쩔 수 없이 김 선생님의 말을 끊었다.

"저기요, 선생님. 하나만 더 여쭐게요. 저기, 그 죽었다는 학생 이름이⋯⋯."

"이선민⋯⋯."

"그러면 다른 식구들은⋯⋯."

"선민이 죽고 한 달쯤 뒤에 이사 갔을 거야. 이 동네서 어떻게 살 수 있겠니."

"혹시 어디로 이사 갔는지는 모르세요?"

"그건 잘 모르겠는데. 그건 왜?"

"그 선민이라는 학생, 혹시 동생이 있지 않았나요?"

"있었어. 두 살 터울 난 동생인데. 이름이 아마⋯⋯."

태정이가 김 선생님의 말을 다시 한 번 가로챘다.

"선주, 이선주 맞죠?"

태정이는 집으로 가는 지하철에서 깊은 생각에 잠겼다. 하나씩 풀어 가야 했다. 우선 서하빈은 백혈병 환자다. 거기까지만 생각했는데도 태정이는 마음이 아팠다. 왜 몰랐을까? 하빈이가 어디가 아플지도 모른다는 생각을 왜 한 번도 못했을까? 그런 애 앞에서 자살 소동 벌이는 계획을 떠벌리다니⋯⋯.

하지만 하빈이의 예지력을 설명할 수는 없다. 단지 아프기 때문에? 뭔가 이상하다.

또 한 가지 놀라운 사실은 하빈이와 선주 언니가 한 반이었다는 거다. 같은 반이었다면 서로 잘 알고 지냈을지도 모른다. 하빈이가 발작을 일으켜 쓰러진 이튿날 선주 언니가 사라졌다는 게 무슨 의미가 있는지도 모른다. 그냥 우연의 일치일까? 하지만 그게 지금 하빈이가 선주를 걱정하는 것과 무슨 연관이 있는 게 분명하다. 머릿속이 너무 복잡했다. 완전히 미궁에 빠진 기분이었다.

지하철에서 내린 태정이는 곧장 도서관으로 향했다. 그리고 정기 간행물실로 들어가 2006년도 7, 8월치 신문 묶음을 들고 자리에 앉아 하나씩 차례로 넘겨 보았다. 7월 25일자 신문을 넘기다가 사회면에서 작은 기사를 발견했다.

> 이선민 양(17) 실종 24시간
> 만에 인근 야산에서 사체로 발
> 견. 휴대폰 외에는 사라진 물건
> 도 없어.

　태정이는 인접한 날짜의 다른 신문들도 찾아보았다. 기사 내용들이 눈에 들어왔다.

> 폭행 등의 흔적 없어 자살 추
> 정. 유서도 발견되지 않아 수사
> 혼란.

> 사체가 발견된 곳은 최근 사
> 망 사건이 많았던 지역. 경찰,
> 최종 실족사로 사건 일단락.

　기사를 몇 개 읽고서야 태정이는 감이 조금 잡혔다. 선주의 언니는 산에서 사체로 발견됐다. 하지만 죽음의 원인이 무엇인지는 정확히 모른다. 선주가 언니의 죽음과 관련이 있는 걸까? 태정이는 선주가 엄마에게 하려는 말이 무엇인지 궁금해졌다. 분명히 언니의 죽음에 대한 내용일 것이다. 어쩌면 하빈이는 선주가 언니의 죽음 때문에 죄책감을 느끼고 진짜 죽으려 한다고 생각하는 건지도 모른다. 하지만 뭔가 아귀가 딱 들어맞지 않는 느낌이었다. 가장 중요한 무언가를 놓치고 있는 기분이었다.

선주는 마음이 편했다. 어떻게든 방법을 찾은 것 같았다. 엄마 반응이 어떨지 자못 궁금하기까지 했다. 다른 건 바라지 않는다. 다만, 그 동안 그 모든 걸 혼자 짊어지고 있느라 얼마나 힘들었냐고 따뜻하게 위로해 주면 된다. 미안하다고 하고 언니의 죽음에 엄마도 책임이 있다는 걸 인정하기만 하면 된다. 그렇게만 해 준다면, 이제 선주도 언니를 보내 줄 수 있을 것 같았다. 그리고 자기의 삶을 사는 거다. 사흘. 사흘만 지나고 조금은 대범한 이 연극이 끝나고 나면, 이제는 진짜 자기 자신으로 살 수 있을 것 같았다. 선주는 살짝 콧노래까지 부르며 집으로 향했다.

삐빅, 삐비빅.

선주는 도어록의 비밀번호를 눌렀다. 집은 여전히 동굴처럼 어두웠다. 조금 가벼워졌던 선주의 마음이 다시 어두워졌다. 선주는 제 방으로 들어가려다가 깜짝 놀랐다. 닫힌 방문 틈 사이로 불빛이 새어 나오고 있었다.

'분명히 불 끄고 나갔는데.'

선주는 의아해하며 문 손잡이를 돌렸다. 선주 방 안에 누군가가 있었다. 구겨진 종이 한 장을 손에 들고.

"어, 엄마!"

선주는 가방을 떨어뜨렸다. 선주는 엄마가 들고 있는 종이가 무엇인지 금세 알아보았다. 그건 선주가 쓰다가 망쳐서 구겨 버린 미완성 유서였다. 구겨진 종이들은 하나도 빠짐없이

다 모아서 잘게 찢은 다음 직접 쓰레기통에 버렸는데, 도대체 저걸 어떻게 엄마가?

선주는 당황한 나머지 소리를 꽥 질렀다.

"왜 맘대로 내 방에 들어와요!"

엄마를 향해 소리를 지르고는 있었지만, 선주의 마음에는 일말의 희망이 싹텄다. 엄마가 유서의 일부를 봤으니 이제 다 알게 되지 않을까, 굳이 연극까지 하지 않더라도 자신을 이해해 주지 않을까, 하는 희망이었다.

그러나 선주에게 돌아온 것은 노여움이 가득한 엄마의 차가운 음성이었다.

"이걸 나더러 믿으라는 거냐? 성적을 엉망으로 받아 오더니 이제 이상한 짓까지 다 하는구나! 선민이가 자살한 거라고? 그게 나 때문이라고? 어디서 그런 소리를 지껄여? 선민이가 죽어서 힘들다고? 네가 정말 언니를 생각한다면 언니 몫까지 두 배로 열심히 해야 된다는 걸 왜 몰라? 네가 마음을 다잡지 못하는 걸 왜 언니 핑계를 대, 핑계를 대긴? 그래서 너도 죽겠다고? 너희 두 자매가 아주 내 인생에 먹칠을 하려고 드는구나."

엄마는 일방적으로 퍼부어 대더니 선주의 유서를 던져 버리고 방을 나갔다. 선주는 방바닥에 털썩 주저앉았다.

'어떻게 엄마한테 유서 따위가 먹힐 거라는 멍청한 생각을 한 거지 나는? 다 틀렸어. 다 틀렸다구!'

선주는 아무 생각도 나지 않았다. 자기 자신이 증오스러워 미칠 것 같았다. 사방이 모두 꽉 막힌 독방에 갇혀 버린 기분이었다. 어디에도, 방법이 없었다.

선주는 잠을 이루지 못했다. 방법이 없어도 어떻게든 방법을 생각해 내야 했다. 방법이 없는 경우는 없다. 들어온 곳이 있으니 어디에든 출구는 있을 것이다.

선주는 유서를 다시 쓰기 시작했다.

이튿날 점심시간, 선주는 태정이 눈을 피해 조심스럽게 새롬이에게 갔다.

"새롬아, 전에 내가 준 거 그건 버려 줘."

선주는 전날 밤 새로 쓴 유서를 새롬이에게 건넸다.

"왜? 옛날 건 어쩌구."

"연락할 사람이 바뀌었어. 내가 마음을 바꿨거든."

선주의 눈동자가 흔들렸다.

"왜?"

"갑자기 그렇게 됐어. 평생에 한 번 해 볼까 말까 한 소동인데, 꼭 원하는 사람한테 알려서 완벽하게 해야 하지 않겠어?"

"그거야 그렇지."

새롬이가 수긍했다.

"그래서 말인데, 이 봉투 아무한테도 보여 주면 안 돼. 특히 태정이한테는. 그리고 내가 봉투 바꾼 것도 개한테는 절대 말하면 안 돼."

선주는 태정이가 걱정이었다. 태정이는 언니의 죽음을 알고 있다. 봉투 안을 보게 된다면 모든 걸 눈치채고 말 거다.

"왜? 왜 그래야 하는데?"

"그거야 완벽한 연극을 위해서지. 우리 중 한 명이라도 이 소동을 완벽하게 끝내 봐야 하지 않겠어? 그러려면 이 모든 걸 너만 알고 있어야 해. 너랑 나, 우리 둘이 이번 연극의 주인공이잖아."

선주는 새롬이가 좋아할 말만 늘어놓았다.

"알았지? 내일이야. 시간이랑 장소는 안 바꿨어. 꼭 부탁해."

"알았어."

"그래, 너만 믿는다!"

선주는 새롬이에게 몇 번이나 다짐을 받고서야 등을 돌렸다. 그 때 새롬이가 뭔가 미심쩍다는 듯이 물었다.

"전화 받을 사람을 누구로 바꿨는데?"

선주가 조금 망설이다가 대답했다.

"우리 언니."

말을 마친 선주는 교실로 돌아갔다.

선주가 교실로 들어갔을 때, 교실 안에 한 무리의 아이들이 웅성대며 서 있었다. 다른 아이들은 모두 창밖을 내다보고 있었다. 선주도 아이들 무리를 비집고 들어가 창밖을 내다보았다. 중앙 현관 앞에 구급차 한 대가 서 있었다.

"무슨 일이야?"

선주가 짝에게 물었다.

"서하빈이 쓰러졌어."

"뭐? 하빈이가 쓰러져?"

선주가 깜짝 놀라 되묻자 짝이 대답했다.

"어, 아까 너 나가고 나서 조금 있다가 쓰러졌어. 자리에서 갑자기 픽 쓰러지더니 의자 밑으로 굴러떨어졌어. 처음에는 장난치는 줄 알았지. 워낙 엉뚱한 애니까. 근데 걔 짝이 흔들어도 안 일어나는 거야. 일으켜 보려고 해도 팔다리에 힘이 하나도 없이 축 늘어져서 일으켜지지도 않았어. 그래서 양호 선생님 불렀는데, 하빈이 걔 원래 무슨 병이 있다나 봐."

살아 있으려는 마음

바람이 차가웠다. 비라도 올 것 같은 하늘이었다. 아파트 옥상 난간을 앞에 두고 선주는 한참 동안 하늘을 바라보았다. 참 오랜만에 보는 하늘이다.

선주는 휴대폰을 꺼내 시간을 보았다. 세 시 오십 분. 10분 뒤면 모든 걸 끝낼 수 있다. 네 시가 되면 새롬이는 메모에 적힌 전화번호로 전화를 걸 거고, 그럼 알게 될 거다. 그건 없는 번호라는 걸. 물론 처음부터 없던 번호는 아니다. 언니의 휴대폰 번호였으니까. 하지만 이제는 더 이상 존재하지 않는, 누구도 기억하지 못하는, 아마 선주만 기억하고 있을 번호였다.

선주는 휴대폰의 전원 버튼을 꾹 눌러 꺼 버렸다. 그 번호가 없는 번호라는 걸 알면 새롬이가 득달같이 전화를 걸어 올 게 뻔하다.

'그런 게 싫었다면 그냥 아무한테도 말하지 않고 조용히 죽어 버리면 되는 거 아니야? 어차피 진짜 죽어 버릴 거라면 왜 새롬이한테 새 봉투를 전해 준 거지?'

선주의 마음속에서 다른 목소리가 들려왔다.

'누가 널 구하러 오기를 기대하는 거 아니야? 그렇다면 진짜 죽고 싶은 마음은 아닌 거잖아?'

곧 반대 목소리가 울렸다.

'하지만 방법이 없잖아. 언니는 죽음으로 나한테 복수를 한 거야. 자기 고통을 몰라준 것에 대한 복수. 나한테 기회를 줬더라면, 시간을 조금만 더 줬더라면 나는 언니 마음을 이해했을지도 몰라. 언니가 죽게 내버려 두지는 않았을 거라구! 난 엄마한테 기회를 줬어. 내 유서를 읽고도 엄마는 하나도 달라지지 않았을 뿐이야. 그런데 내가 왜, 내가 왜 더 기다려야 해? 내가 왜 또 기회를 줘야 하지? 왜 또 상처를 받아야 하냐고!'

여기까지 생각하자 감정이 격해졌다. 선주는 옥상 난간을 짚었다. 허리보다 조금 높은 난간이었다. 선주는 무릎으로 난간을 디뎠다. 그리고 조심스럽게 난간 위로 올라섰다. 난간은 선주의 신발 크기보다 겨우 두어 뼘 더 넓었다. 바람이 휭, 하고 불자 선주는 잠깐 비틀거리다가 중심을 잡았다.

선주는 아래를 내려다보았다. 두려운 마음이 일었지만 곧 위에서 내려다보는 세상에 익숙해졌다. 모든 것이 너무나 작았다. 자동차도 사람도 인형 같았다. 세상이 너무 우스웠다. 이렇게 우스운 세상이라면 상처받아 가며 더 살 필요도 없다. 선주는 두 팔을 벌렸다. 이대로 훨훨 날아오를 수 있을 것만 같았다. 몸의 무게중심을 살짝 앞으로 실었다. 그리고 눈을 감고 생각했다.

'언니가 있는 데로 가는 거야.'

그러다가 선주는 문득 어떤 생각이 들어 눈을 떴다. 그리고 혼자 피식 웃었다.

'언니가 있는 데? 거기가 어디지? 이 세계 말고 다른 세계가 있다는 거야? 서하빈 말을 너무 많이 들은 거야. 다른 세계 따위는 없어. 죽는다 해도 언니를 만나지는 못할 거야. 그냥 모든 게 끝나는 거야. 끝. 그래 끝. 얼마나 좋은 말이야. 끝이 난다고. 모든 것이. 나는 고통의 끝을 내는 거고, 이제 남은 사람에게는 고통이 시작되는 거겠지.'

선주는 다시 눈을 꼭 감았다.

아파트 옥상 문에서 덜컹, 하는 소리가 났다. 선주는 반사적으로 눈을 번쩍 떴다. 몸을 돌리지 않은 채로 꼼짝 않고 소리나는 곳에 집중했다. 그저 바람 소리일 수도 있다.

덜컹, 덜컹. 옥상의 철문이 몇 번 더 소리를 내더니 끼익, 하고 열리는 소리가 났다.

'도대체 뭐야?'

선주가 몸을 돌려 소리의 원인을 찾으려는 찰나, 문이 열리면서 귀에 익은 목소리가 들려왔다.

"이선주! 야, 이선주!"

태정이었다. 그랬다. 아파트 옥상의 철문 손잡이를 잡은 채로 목이 터져라 자기 이름을 부르고 있는 건 다름 아닌 태정이였다.

'태정이구나. 결국 새롬이가 봉투를 보여 준 거야.'

태정이의 등장에 조금 당황했지만, 선주는 지금 자기가 무슨 일을 하려고 하는지는 잊지 않았다. 떨어져 내리려고, 모든 것을 끝내려 하고 있는 것이다.

"이선주! 움직이지 마! 절대, 절대 움직이지 마!"

태정이가 외쳤다. 온 하늘을 다 울릴 듯 쩌렁쩌렁했다. 태정이의 목소리가 보이지 않는 튼튼한 밧줄이 되어 선주의 몸을 칭칭 감는 것 같았다. 그 밧줄의 끝을 태정이가 잡고 있는 듯, 선주는 꼼짝도 할 수 없었다. 몸이 움직여지지 않자 마음이 움직였다. 마음 저 밑바닥에 똬리를 틀고 있던 분노가 온몸으로 퍼지더니 목구멍을 타고 올라왔다.

선주는 부르르 떨며 주먹을 움켜쥐고 외쳤다.

"가까이 오지 마! 네가 뭔데 내 일에 끼어드는 거야? 내가 죽든 말든 네가 무슨 상관이야! 가까이 오면 떨어져 버릴 거야. 가까이 오지 말라고!"

입을 열어 말을 하는데 눈물이 났다. 마음속에서 분노와는 다른 낯선 감정이 울컥 올라왔다. 이 감정은 무엇일까?

"알았어. 알았으니까 선주야, 제발 가만히 있어 봐."

태정이는 멀리서 선주를 진정시켰다. 그러면서 한 걸음 한 걸음 천천히 난간 쪽으로 움직였다.

선주가 날카롭게 소리쳤다.

"오지 마! 오지 말라고 했잖아! 너 한 발짝만 더 오면 당장 뛰어내릴 거야."

선주는 태정이와 자신의 거리를 어림짐작해 보았다. 열 걸음쯤 된다.

'뛰어내려. 그냥 뛰어내리면 되잖아. 쟤가 오는 것보다 내가 뛰어내리는 게 빨라. 날 막을 수 없어. 그냥 한 걸음, 딱 한 걸음만 내디디면 되는 거야. 그러면 다 끝나는 거야. 모든 게 끝나. 모든 게.'

선주는 오른발을 난간 끝으로 움직였다. 50센티 정도 너비의 평평한 시멘트 바닥이 지금 선주가 딛고 있는 세계의 전부였다. 갈색 구두코가 난간 가장자리에 닿았다. 왼발을 오른발보다 조금 더 움직였다. 왼발의 절반은 허공에 떠 있다. 한 걸음, 딱 한 걸음이면 된다. 선주는 제 발끝만 보았다. 거기에 온 신경을 집중했다. 딱 한 걸음이면 되는 거다.

뒤에서 태정이가 뭐라고 외치는 소리가 들렸지만 듣지 않으려고 노력했다. 아무도 인생을 대신 살아 줄 수 없다. 그러니 죽음도 대신 선택할 수 없다.

선주는 오른발도 왼발만큼 난간 밖으로 밀어 놓았다. 두 발 끝이 허공에 떠 있다. 이제 더 이상 움직일 필요도 없다. 뒤꿈치에 실려 있는 무게중심을 앞으로 옮기고 그저 편안히 허공에 몸을 맡기면 된다. 선주는 눈을 감았다. 그리고 두 손을 가지런히 모아 가슴 앞에 갖다 댔다.

"이선민! 이선민 맞지? 너네 언니 말이야. 이선민 맞지?"

태정이의 외침에 선주는 온몸에 소름이 돋았다. 어떻게? 어떻게 쟤가 언니 이름을 알지? 선주는 눈을 뜨고 소리 나는 쪽으로 고개를 돌렸다. 태정이는 선주가 올라선 난간 왼쪽에 붙어 서 있었다. 두어 걸음만 다가오면 손이 닿을 거리였다. 어느새 가까이 다가온 태정이가 주머니에서 뭔가를 꺼냈다.

"선주야, 보여 줄 게 있어. 이걸 좀 봐. 이걸 보고도 죽고 싶으면 그렇게 해."

태정이는 손에 무언가를 들고 있었다. 뭔지는 모르지만 익숙한 것이었다. 그걸 보자마자 잡히지 않는 어떤 아련한 감정이 선주 마음속에 퍼져 나갔다. 저게 뭐지? 저게 뭔데 내 기분이 이렇게 이상해지는 거지?

선주가 태정이 손에 들린 물건을 주의 깊게 살펴보는 사이, 태정이가 잽싸게 선주의 허리를 끌어안아 밑으로 끌어내렸다. 얼마나 긴장을 했는지, 태정이의 얼굴은 땀으로 범벅이 되어 있었다. 난간에서 내려온 선주는 순간 긴장이 풀어지며 스르르 주저앉았다. 그러면서도 태정이가 들고 있는 물건에서 눈을 떼지 못했다. 그건 언니 선민이의 휴대폰이었다. 아무리 찾아도 나오지 않았던 바로 그 물건이다. 어떻게, 어떻게 저걸 태정이가 가지고 있는 걸까? 선주는 혼란스러웠다.

선주는 떨리는 입술을 가까스로 열어 태정이에게 물었다.

"그거, 너 그거 어디서 났어?"

태정이가 하빈이의 전화를 받은 것은 토요일 점심 무렵이었다.

"빨리, 빨리 한빛병원으로 와."

하빈이는 급하게 전화를 끊었다. 태정이는 영문을 알 수 없었지만 일단 병원으로 출발했다. 왠지 지금 가면 그 동안 궁금해하던 것들을 다 알 수 있을 것 같았다.

병원 안으로 들어서자마자 어디서 기다리고 있었는지 하빈이가 태정이의 손을 잡아챘다. 그리고 구석의 계단참으로 태정이를 끌고 갔다. 태정이는 그제야 하빈이가 환자복을 입고 있다는 사실을 깨달았다. 하빈이는 다짜고짜 태정이 손에 휴대폰 하나를 쥐여 주었다.

"이게 뭐야? 그리고 너는 왜 환자복을 입고 있어?"

하빈이는 마음이 조급해 보였다.

"태정아, 이거 가지고 선주네 아파트로 가 줘. 거기 옥상으로. 꽃가루가 암술머리에 내려앉을 때처럼 사뿐히 가야 해."

"왜?"

"일단 그렇게 해 줘, 부탁이야."

태정이는 슬그머니 짜증이 났다.

"왜? 이유를 알아야 가든지 말든지 하지. 이제 진짜 말 좀 해 봐. 답답해 죽겠어. 너랑 선주네 죽은 언니랑 한 반이었지? 그거랑 선주가 소동 벌이는 거랑 무슨 상관이 있는 거지? 말을 좀 해 봐!"

하빈이는 시계를 한 번 들여다봤다.

"알았어. 내가 간단히 얘기해 줄게. 그 대신 네 시까지 꼭 선주네 아파트에 가야 돼. 그 전에 절대 먼저 선주한테 전화하지 말고. 누가 말리러 가는 줄 알면 진짜로 그냥 뚝 떨어져 버릴지 몰라."

하빈이는 단단히 다짐을 받고 나서야 이야기를 시작했다.

"네가 아는 것처럼 선주네 언니 선민이랑 나랑은 2년 전에 한 반이었어. 그렇다고 해서 선민이랑 나랑 아주 친하거나 그랬던 건 아니야. 친하게 지낼 만한 계기가 별로 없었으니까. 한 가지 공통점이 있다면 우리 반에서 선민이랑 내가 가장 먼저 등교한다는 것 정도. 나는 그 때 몸 상태가 많이 안 좋아서 엄마가 아침마다 차로 태워다 줬거든. 그렇게 한 학기가 다 지나고 여름방학 보충수업이 시작됐지. 엄마는 보충수업은 안 해도 되니 쉬라고 했지만, 나는 남들이 하는 건 다 하고 싶었어. 그런데 보충수업이 시작된 무렵부터 선민이는 왠지 위태로워 보였어. 그래도 얘기를 나누지는 않았어. 그 때만 해도 안전요원은 절대 자신을 드러내면 안 된다고 생각했거든. 그러던 어느 날이었어. 보충수업을 받으러 이동하는 중이었는데, 멀리서 학생주임 선생님이 선민이를 불렀어. 왜 불렀는지는 잘 모르겠어. 그 때 선민이는 휴대폰을 갖고 있었는데, 그 학교가 좀 엄했거든. 학교에 휴대폰 가져왔다가 걸리면, 그것도 학생주임한테 걸리면 조용히 끝나지 않았어. 그 때 마침 내가 선민이 옆을 지나가고 있어서 선민이가 내 주머니에 살짝 휴대폰을 넣은 거야. 혹시 모르니까 잠깐만 가지고 있어 달라는 듯한 표정이었지. 나는 위장한 시계꽃 덩굴처럼 태연한 얼굴로 그걸 주머니에 넣고 내가 가야 할 반으로 갔어. 선민이도 곧 자기가 공부해야 할 교실로 갔을 거고. 평소 같았으면 수업 끝나자마자 돌려줬겠지. 근데 하필이면 그 때 내가 쓰러졌어. 한여름 보충수업은 아무래도 무리였던 모양이야. 그래서 선민이 휴대폰을 주머니에 넣은 채 병원으로 옮겨졌고, 그 뒤에 치료를 받고 몸이 회복되었을 때는 이미 서너 달이 지나 있었어. 그제야 선민이 휴대폰이 나한테 있다는 사실이 생각났어. 돌려주려고 했을 때 놀라운 소식을 듣게 되었지. 선민이가 죽었다는. 그것도 내가 쓰러진 바로 이튿날."

길게 말하는 게 힘이 드는지 하빈이의 호흡이 가빠졌다.

"그렇게 해서 내가 그 휴대폰을 갖고 있게 된 거야. 그러다가 이사 와서 이 학교로 전학 오던 첫날, 깜짝 놀랐지. 죽었다던 선민이가 여기 살아 있는 줄 알았거든."

거기까지 말하고 나서 하빈이는 혼자 픽 웃었다.

"물론 곧 알게 되었지. 선주가 선민이 동생이라는 걸. 그래서 선민이 휴대폰을 선주에게 줘야 하나 말아야 하나 갈등을 많이 했어. 죽은 언니의 물건을 뒤늦게 받으면 좀 슬퍼지지 않을까 생각도 들고. 그래서 선주를 관찰하게 된 거야. 그러다가 너희 셋이 여름방학 때 만나는 걸 봤지. 안전요원의 임무는 늘 이런 식으로 주어지거든. 그 때 선민이 휴대폰은 배터리가 다 방전돼서 켜지지 않았어. 하는 수 없이 같은 충전기를 사서 충전한 다음에 켜 봤어. 이것저것 뒤적거리다가 뜻밖의 사실을 알게 됐지 뭐야. 그 사실을 선주한테 어떻게 알려 줘야 하나 고민했어. 이제 그걸 알려 주어야 할 것 같아. 선주도 그것 때문에 마음고생이 심했을 것 같으니 말이야."

"근데 선주네 옥상에는 왜 가라는 거야?"

"내가 쓰러지기 직전에 선주가 노란 봉투를 가지고 교실에서 나가는 걸 봤어. 새롬이한테 가는 것 같더라고. 아까 너한테 전화하기 전에 새롬이한테 전화해 봤어. 선주가 새 봉투를 줬대. 새롬이에게 그 봉투를 열어 보라고 했지. 그랬더니 그 안에 유서는 없고 전화번호만 적혀 있더래. 그 번호, 선주 언니 선민이 휴대폰 번호야. 그러니까, 선주가 준 번호는 이제는 없는 번호라는 뜻이지."

거기까지 이야기했을 때, 누군가 하빈이의 팔을 잡았다.

"너 검사 받아야 되는데 여기서 뭐 하고 있는 거야? 돌아다니면 안 된다고 엄마가 몇 번이나 말했어?"

하빈이 엄마인 것 같았다. 태정이가 엉거주춤 인사했다.

"안녕하세요."

"어, 그래. 하빈이 친구니? 지금 하빈이가 검사를 받아야 해
서……."

하빈이 엄마는 하빈이를 데리고 어느 병실 앞으로 갔다. 병
실로 들어서던 하빈이가 고개를 돌려 태정이에게 씽긋 웃어
보였다. 그리고 입 모양으로 말했다. 부탁해!

태정이는 하빈이가 준 휴대폰을 들고 돌아 나오다가 병실
쪽을 돌아보았다. 병실 앞에 아직 하빈이 엄마가 서 있었다. 태
정이는 잠시 머뭇거리다가 하빈이 엄마에게 다가갔다.

"저, 하빈이 어머니. 여쭤 보고 싶은 게 있어서요."

"나한테?"

"네. 저, 혹시…… 하빈이한테 예지력이나 뭐 그런 게 있나
요?"

"이게 어디서 났는지는 중요하지 않아. 그건 나중에 차차 말
해 줄게. 일단 이 안에 저장된 동영상이 하나 있는데, 그걸 봐.
그걸 보고 나서 죽을지 말지 결정해. 그 땐 말리지 않을게."

태정이는 선주에게 휴대폰을 건네주었다. 선주는 믿어지지
않는다는 듯 오른손 위에 놓인 휴대폰을 한 번 꼭 쥐어 보았다.
손 안에 작은 중량감이 전해져 왔다. 분명 언니 것이다. 모서리

에 난 홈집도, 폴더에 붙어 있는 스티커도 눈에 익었다. 선주는 잠시 그대로 손안의 물건을 바라보았다. 태정이는 자리를 비켜 주려는 듯, 두세 걸음 떨어진 곳의 난간에 기대어 팔을 아래로 늘어뜨렸다. 하늘이 파랬다.

선주는 폴더를 열었다. 그리고 동영상을 찾아보았다. 동영상 한 개가 있었다. 언니가 마지막으로 녹화한 화면이 무엇이었을까? 궁금하면서도 두려웠다. 숨을 깊이 한 번 들이쉬고 버튼을 눌렀다. 동영상 화면이 열렸다. 선주는 숨을 멈추었다. 화면 속에 등장한 건 바로 언니였다.

"선주야! 지금 캠프에서 잘 놀고 있니? 너 캠프 떠난 지 사흘 지났어. 나 되게 심심하다. 그래서 이거 찍는 거야!"

선주는 너무나도 갑작스레 등장한 언니 얼굴에 놀라 화면을 닫아 버렸다. 뺨을 타고 눈물이 주르륵 흘러내렸다. 어깨를 살짝 스치는 길이의 단발머리에 단정한 앞머리, 장난스러우면서도 뭔가 허전한 듯한 눈빛까지. 선주가 기억하고 있는 언니의 모습. 그 모습 그대로였다.

'언니, 나 여기 있어. 언니, 미안해.'

선주는 차마 휴대폰을 다시 열지도 못하고 무릎에 얼굴을 묻었다. 눈물이 청바지를 적셨다. 태정이가 다가와 아무 말 없이 선주의 등을 토닥여 주었다. 선주는 생각했다. 봐야 해. 언니가 남긴 메시지를 끝까지 들어야 해. 선주는 고개를 들었다.

그리고 다시 휴대폰을 열었다. 동영상이 다시 재생되기 시작
했다.

"선주야! 지금 캠프에서 잘 놀고 있니? 너 캠프 떠난 지 사
흘 지났어. 나 되게 심심하다. 그래서 이거 찍는 거야! 이거 지
금 다섯 번째 지웠다 다시 찍는 거야. 그래서 배터리가 별로 안
남았어. 이번이 마지막이야. 선주야! 너 캠프 가지 말라고 해
서 언니가 미안해. 내가 그런 얘기를 할 사람이 너밖에 없잖아.
어제는 네가 너무 미워서 나 유서 써서 네 방 책상 밑에다 붙여
놨었다! 너 캠프 돌아올 때쯤 내가 어디 가서 숨어 있으면 네
가 막 울면서, 미안해하면서 나 찾을 것 같아서. 그래서 그렇게
했어. 너 골려 주려고, 메롱. 그런데 네가 울면 나도 속상할 테
니까 오늘 밤에 떼어 버릴게. 그래도 진짜 내가 없어지면 너 울
긴 울 거지? 사실은 말이지, 나 어제 제빵사 필기시험 보러 갔
었어. 혼자 가기 좀 겁나서 너한테 같이 가 달라고 한 거였어.
괜한 짓을 하는 건 아닐까, 엄마가 알게 되면 어쩌나, 너무 겁
이 났었어. 하지만 잘하고 왔어. 그 동안 엄마 몰래 혼자 공부
했거든. 물론 지금 그걸 한다고 해서 달라지는 건 없다는 거 나
도 알아. 하지만 해 보고 싶었어. 나도 내가 원하는 게 있고 그
걸 할 수 있다는 걸 확인하고 싶었어. 속이 시원해. 자, 봐. 이
게 내 수험표야. 그 동안 공부했던 책이랑 이거랑 다 어딘가에
감춰야 해. 그 동안은 항상 갖고 다녔어. 너도 알지만 집 안에
감추면 엄마가 찾아낼 게 뻔하잖아. 엄마가 알게 될까 봐 무섭

다. 어렸을 때 가끔 너랑 같이 갔던 뒷산 큰 바위 생각나? 거기서 조금만 더 올라가면 앞이 훤히 내려다보이는 곳에 늙은 소나무가 있어. 그 밑에 감춰 둘 거야. 아무도 모르게. 너한테 털어놓으니 속이 시원하다. 그 동안 아무 말도 안 한 거, 미안해. 사실 나도 무서웠어. 너한테까지 이해받지 못할까 봐. 돌아오면 다 얘기해 줄게. 그리고 나만의 비밀 장소에 널 데리고 갈게. 선주야! 예쁜 동생 선주! 사랑해!"

동영상은 거기까지였다. 어디서부터였는지 동영상 속의 선민이도 울고 있었다. 선주는 흘러내리는 눈물을 주체할 수 없었다. 미처 닫지 못한 휴대폰 폴더를 닫아 준 건 태정이었다.

마지막 목요일

사이프러스에 가서 내 편지 확인할 것 - 하빈.

선주와 새롬이, 태정이에게 갑작스런 문자가 왔다. 목요일이었다. 셋의 발걸음은 자연스럽게 사이프러스로 향했다. 지난번 모임이 마지막일 거라고 생각했지만, 막상 또 목요일이 되니 사이프러스에서 다시 만나는 게 당연한 일로 여겨졌다. 하지만 하빈이의 빈자리는 생각보다 컸다. 선주는 하빈이가 그리웠다.

"혹시 하빈이가 편지를 맡겼나요?"

선주가 묻자 사이프러스 아줌마는 화분의 흙을 고르던 손을 멈추더니 옥탑방 안으로 들어갔다. 그리고 잠시 후, 편지 한 통을 건네며 말했다.

"철쭉이 한창 피는 봄에 하빈이가 여기 처음 왔지. 저기 저 엔젤트럼펫을 들고. 그 때 하빈이가 내가 키우던 엔젤윙베고니아를 보고는 불쑥 뭐라고 했는지 아니? 아줌마도 날개를 보관하고 계시네요, 하더라. 날개를 이렇게 잘 보관하는 분이라면 제 나팔을 맡겨도 문제없겠어요, 그러더니 자기 화분을 들이미는 거야. 무슨 영문인지 몰랐지만 나는 그냥 하빈이 화분을 맡아 주었지. 어쩐지 전혀 귀찮지 않았어. 여긴 처음부터 잊혀진 화분들의 공간이기도 하고. 나는 하빈이가 그러고서는 안 올 줄 알았어. 그런데 기특하게도 계속 와서 화분을 돌보더구나. 얼마 후엔 너희들이랑 함께 왔고 말이야. 하빈이가 안 오니까 좀 서운하네. 자 여기, 편지."

셋은 늘 앉던 자리에 앉아 하빈이의 편지를 읽어 내려가기 시작했다.

친구들,

오늘 마지막 목요일에 함께하지 못한 걸 유감스럽게 생각해. 하지만 너희들과 함께했던 지난 몇 달을 절대 잊지 못할 거야. 내 수백 년의 안전요원 경력 동안 이렇게 흥미진진한 시간은 없었거든. 그런 점에서 너희 세 명에게 진심으로 고마운 마음이야.

그나저나, 윤태정이 알게 됐으니 너희들 모두 알고 있겠지? 내가 앓고 있는 병 말이야. 그게 내가 이 편지를 쓰는 이유야.

내가 환자라는 사실을 알게 됐으니, 너희들은 내가 들려준 저쪽 세계 이야기들이 다 내가 아프기 때문에 꾸며 낸 이야기라고 생각하겠지? 그게 아니라는 걸 알려 주고 싶어. 원래 천사는 약한 육체를 선택해서 지상에 내려와. 고통과 상처를 모르면 천사가 될 자격이 없으니까. 생장점에 상처를 입은 세잎 클로버가 행운의 네잎 클로버가 될 수 있는 것과 같은 이치야. 그러니 내가 환자라는 건 내가 진짜 천사라는 증거인 셈이지. 내 말을 믿어. 내가 들려준 이야기는 전부 사실이야.

잊지 마. 사랑이 제일 중요한 거야. 작은 민들레 홀씨 하나에게도, 수백 년을 살아 낸 메타세콰이아 나무에게도, 그리고 너희들에게도, 똑같이 사랑이 가장 중요해.

사랑이란, 너희가 선택한 바로 그 삶 안에서 살아 있으려는 마음이니까. 그게 너희 마음에 전해지면 좋겠어. 내가 천사의 말을 한다 해도, 사랑 없으면 아무 소용이 없지.

난 이제 다음 임무를 맡아서 떠나.

또 만나길 바랄게. 이쪽 세계에서든 저쪽 세계에서든.

하빈

P.S. 내 날개와 나팔은 사이프러스에 두고 갈게. 언젠가 찾으러 갈 때까지 종종 너희들이 돌봐 줘.

날개에 꽃이 피거든 그 모양을 잘 살펴봐. 그게 내 마음이니까. 나팔이 피거든 한밤에 찾아가 봐. 천사의 나팔은 밤에만 향기가 나. 앞이 보이지 않는 순간에야 비로소 천사의 향기를 맡을 수 있어. 꼭 깊은 밤에 그 향기를 맡아 보길. 그 순간 나와 함께 있는 기분이 들 거야.

셋 모두 말이 없었다. 하지만 하빈이가 백혈병 환자라고 해서 하빈이에 대한 모든 미스터리가 해결되는 건 아니었다.

"하빈이는 진짜 천사인 걸까? 예지력이 있었잖아."

선주가 물었다.

"그럴지도."

태정이는 혼자 조용히 웃었다. 머릿속에 하빈이 엄마가 해준 말이 떠올랐다.

"하빈이가 초등학교 때 항암 치료를 오래 받다가 청력이 손상됐어. 지금은 다시 회복돼서 괜찮은데, 한동안은 사람 입 모양을 보고 대화 내용을 알아듣는 독순술을 배워야 했단다. 그러면서 말투가 좀 어색해졌지. 그리고 멀리 있는 사람들이 하는 말까지 다 알 수가 있게 된 거야. 아무리 작게 말해도 멀리서 입 모양으로 다 알아 버리니까 애들이 좀 이상하게 생각했어. 자기들 비밀을 어느새 다 알고 있으니 놀라는 게 당연하지. 하지만 친해지고 싶어서 그러는 거니까 너무 이상하게 생각하지는 말았으면 좋겠다."

태정이는 새롬이와 선주에게 하빈이 엄마에게서 들은 이야기를 털어놓지 않았다. 들리지 않기 때문에 더 잘 보이게 되는 것, 보이지 않기 때문에 더 잘 들을 수 있는 것, 사람들이 말하는 신비한 능력이란 결국 그런 것이 아닐까 하는 생각이 들었기 때문이다.

　며칠 뒤, 선주는 언니의 휴대폰을 들고 옥상으로 올라갔다. 그리고 언니의 동영상을 다시 재생했다. 이상하게도 그걸 보면 살고 싶은 마음이 들었다. 하빈이 말대로 하자면, 언니의 동영상을 보고 나면 사랑을 느끼게 되는 거였다. 죽으려는 찰나에 자신을 붙잡아 준 건 결국, 언니는 살아 있으려고 했다는 사실이었다.
　선주는 생각했다. 어쩌면 이 모든 게 거짓이 아닐까 하는, 언니는 사실 스스로 목숨을 버린 건데 하빈이가 진짜 천사라서 이 모든 걸 꾸민 건 아닐까 하는 그런 생각. 그렇다면 하빈이는 천사로서의 임무를 완벽하게 수행한 거였다. 선주는 아직도 하빈이의 말을 전부 믿을 수는 없었다. 삶이 선택이라면 죽음도 선택인 게 아닐까? 하지만 상관없었다. 선주는 살아 있기를 선택했다.
　선주는 커다란 쇼핑백에서 비닐봉지에 싸인 두툼한 뭉치를 꺼냈다. 언니가 말한 소나무 밑에서 얼마 전에 선주가 찾아온 것이었다. 제과제빵 필기 문제집, 제빵요리책 두 권 그리고 낡은 노트 한 권. 노트를 넘기자 첫 장에서 선민이의 수험표가 떨어졌다. 증명사진 속의 언니 표정에서 긴장과 설렘이 함께 묻어났다.

'죽지 않았다면, 언니는 정말 파티셰가 됐을까?'

선주는 선민이의 수험표를 손에 든 채 생각했다. 아니, 그건 아무래도 좋을 것 같았다. 설사 그렇지 않다 해도 상관없는 것이다. 자기가 원하는 길을 향해 나아가 보는 것, 수많은 가능성을 품어 보는 것, 그것만으로도 충분하다. 선주는 낯선 길을 향해 과감하게 한 걸음 내디딘 언니가 자랑스러웠다.

선주는 선민이의 수험표를 심장 가까이에 대 보았다. 언니가 품었던 미래를 향한 열망이 선주의 가슴에 들어와 숨 쉬는 것 같았다. 선주는 아직 자기가 누군지, 무엇을 향해 달려갈지 알 수 없었다. 하지만 살아 있다면, 살아 있기를 선택했다면, 스스로를 믿어야 했다.

멀리서 긴 호흡의 바람이 불어왔다. 선주는 기다렸다는 듯 그 바람결에 언니의 수험표를 실어 보냈다.

'언니! 이제 나도 나로 살고 싶어. 힘을 줘! 언니, 안녕! 이제 진짜 안녕.'

알 수 없는 곳에서 시작된 바람에 실려 선민이의 수험표는 멀리멀리 날아갔다. 선주에게는 팔랑거리며 저 멀리 날아가는 종이가 아주 잠깐, 손을 흔드는 언니의 모습으로 보였다.

깊은 밤, 꽃향기가 나거든

"여기 좀 봐. 엔젤윙베고니아에 꽃이 피었어!"

선주의 외침에 태정이와 새롬이가 옥탑방 안으로 들어갔다. 가을이 끝나 가고 있었다. 사이프러스 아줌마는 추위에 약한 식물들을 방안 창가로 옮겨 놓았다.

"정말?"

"어디 좀 봐."

태정이와 새롬이도 선주가 들여다보고 있는 화분 쪽으로 다가갔다. 정말이었다. 천사의 날개, 엔젤윙베고니아 잎 사이의 줄기에 빨간 꽃이 달려 있었다. 놀랍게도 꽃은 하트 모양이었다.

"신기하지? 꽃이 꼭 심장 모양 같지 않니? 천사의 날개와 하트라, 참 잘 어울리는 궁합이야. 그래서 나는 엔젤윙베고니아를 보면 항상 큐피드가 생각나."

어느새 사이프러스 아줌마가 다가와 있었다. 아줌마의 말을 들으며 선주는 손끝으로 붉은 꽃잎을 만져 보았다. 그러자 하빈이가 남긴 마지막 편지의 한 대목이 떠올랐다.

'사랑이란, 너희가 선택한 바로 그 삶 안에서 살아 있으려는 마음이니까.'

"하빈이는 정말 어디로 갔을까?"

새롬이도 하빈이를 생각하고 있었던 거다.

"그러게. 너무 갑자기 사라졌어."

태정이의 목소리에 그리움이 묻어 있었다.

사이프러스에서 하빈이의 편지를 전해 받고 며칠 뒤, 담임 선생님이 조회 시간에 하빈이가 전학 갔다는 소식을 알렸다. 선주는 서운한 마음에 꺼져 있는 걸 알면서도 하빈이의 휴대폰에 전화를 걸었다.

선주는 그 날 오후 혼자 사이프러스에 갔다. 목요일이라서 그런지 저절로 걸음이 그 곳을 향했다. 한동안 수첩 속에 끼워 놓았던 고흐의 그림엽서를 사이프러스 옥탑방 문 옆에 붙이고 있을 때, 태정이와 새롬이도 사이프러스의 철문을 열었다.

그 날 이후, 셋은 목요일이면 자연스럽게 사이프러스에서 만나게 되었다. 딱히 하는 일은 없었다. 주인 아줌마한테 옥상 가득한 식물들 이야기를 듣거나 가벼운 수다를 떠는 게 보통이었다. 하지만 선주는 알고 있었다. 자신도 태정이와 새롬이도, 하빈이와 함께했던 시간을 그리워한다는 걸.

"우리, 자살 소동 한 번 더 할까?"

새롬이가 장난스럽게 말했다.

"무슨 소리야?"

선주가 엔젤윙베고니아의 붉은 꽃잎에서 손을 떼며 물었다.

"또 알아? 우리가 죽겠다고 한 번 더 일을 벌이면 하빈이가 나타날지 모르잖아."

새롬이 말에 태정이가 웃으며 말했다.

"그래, 그럴 수도 있겠네. 그게 개 임무라고 했으니까."

그 때였다. 주인아줌마가 반대쪽 창가에서 말했다.

"얘들아, 여기도 좀 와 봐. 와, 이제 곧 꽃이 활짝 피겠는데!"

선주와 태정이, 새롬이가 아줌마가 가리키는 화분 가까이로 다가갔다. 그건 천사의 나팔, 엔젤트럼펫이었다.

"우아!"

"야, 멋지다!"

셋은 동시에 탄성을 질렀다. 시원하고 무성한 이파리 사이로 커다란 노란 꽃잎이 바닥을 향해 주렁주렁 매달려 있었다. 그러고 보니 정말 나팔 같아 보였다.

"신기하게도 이 꽃은 밤에만 향기가 나더라구. 깊은 밤에 꽃은 보이지 않아도 향기만으로 엔젤트럼펫 가까이에 와 있다는 걸 알 수 있어."

멀리서 알 수 없는 아득한 향기가 선주의 가슴으로 번져 왔
다. 선주가 눈을 감고 향기를 느끼며 말했다.

"네, 맞아요. 앞이 보이지 않는 순간에야 비로소 천사의 향
기를 맡을 수 있거든요."

목요일, 사이프러스에서

2009년 5월 25일 1판 1쇄
2020년 5월 29일 1판 8쇄

지은이 박채란

편집 김태희, 박찬석, 조소정 | **디자인** 이혜연 | **제작** 박흥기
마케팅 이병규, 양현범, 이장열 | **홍보** 조민희, 강효원

출력 블루엔 | **인쇄** 코리아피앤피 | **제책** 정문바인텍

펴낸이 강맑실
펴낸곳 (주)사계절출판사 | **등록** 제406-2003-034호
주소 (우)10881 경기도 파주시 회동길 252
전화 031)955-8588, 8558 | **전송** 마케팅부 031)955-8595 편집부 031)955-8596
홈페이지 www.sakyejul.net | **전자우편** skj@sakyejul.com | **블로그** skjmail.blog.me
페이스북 facebook.com/sakyejul1318 | **인스타그램** instagram.com/sakyejul1318

ⓒ 박채란 2009

값은 뒤표지에 적혀 있습니다. 잘못 만든 책은 구입하신 서점에서 바꾸어 드립니다.
사계절출판사는 성장의 의미를 생각합니다. 사계절출판사는 독자 여러분의 의견에 늘 귀 기울이고 있습니다.
이 책은 저작권법에 따라 보호받는 저작물이므로 무단전재와 무단복제를 금합니다.

ISBN 978-89-5828-367-6 44810
ISBN 978-89-5828-473-4 (세트)

이 도서의 국립중앙도서관 출판시도서목록(CIP)은 e-CIP 홈페이지(http://www.nl.go.kr/cip.php)에서
이용하실 수 있습니다.(CIP제어번호: CIP2009001480)